译文经典

亚当夏娃日记

Diaries of Adam and Eve

Mark Twain

〔美〕马克·吐温 著

周小进 译

上海译文出版社

译者序

　　中国读者知道马克·吐温的多，了解《亚当夏娃日记》的少，所以先介绍一下成书的情况。马克·吐温晚年开始以《圣经》内容为题材，陆续撰写了一批短篇故事，大多数以亚当和夏娃为中心人物，行文亦庄亦谐，构成一个系列，后来出版的各种集子，收录篇目或有不同，但往往都称为《亚当夏娃日记》。

　　系列故事中，最早的一篇是《亚当日记节选》（Extracts from Adam's Diary）。1893 年，水牛城为了迎接 1901 年的世博会，决定出版一本纪念册，由 W·D·豪威尔斯、纳撒尼尔·沙勒等美国文化界名人撰写文章，汇编成集，配以插图十八幅，共收录文章十篇，涵盖尼亚加拉瀑布水利、旅游、动植物、历史、自然风光等各方面内容，计二百二十五页，名为《尼亚加拉书——尼亚加拉瀑布完全纪念册》。马克·吐温应邀撰写了一个短篇故事，题为"最早提及尼亚加拉瀑布的真实文献：亚当日记节选——由马克·吐温根据原初手稿译出"。故事从亚当的视角，讲述夏娃来到伊甸园后生活及情感上的变化，到偷食禁果被逐出伊甸园结束。1897年收入《汤姆·索亚破案记》，1904年配弗雷德里克·施特罗特曼插图作为单行本出版，1906年与其他几篇《圣经》题材作品一同收入《三万遗产及其他故事》。以上各个版本均有所不同，有心的读者可以去查阅比较，看看马克·吐温作品增删修改的过程，未尝不是一件趣事。

1900年前后，马克·吐温开始以夏娃为中心撰写伊甸园的故事。《夏娃开口》篇幅较短，以夏娃之口讲述被逐出伊甸园的不公，以及第一次接触死亡的悲伤，结尾则以撒旦之口，冷静地叙说"死亡已经进入世界"，似乎要与夏娃丧子的哀痛形成对照。《伊甸园里的那一天》应该是接着《夏娃开口》写下去的，用撒旦日记的方式，记叙夏娃吃禁果的过程，结果夏娃瞬间变得苍老，而"美少年"亚当则毫不犹豫跟着吃下苹果，两人佝偻着背一起离开伊甸园。

写作这两个短篇时，马克·吐温正逢晚景凄凉、处境艰难。1894年，他宣布破产，为了偿还债务，不得不拖着年迈多病的身体，做环球旅行演讲，在欧洲奔波多年。妻子和女儿吉恩（简）一直生病，大女儿奥莉维娅（苏茜）于1896年去世，年仅二十四岁。马克·吐温的心境，读者从1900年创作的两个短篇中，应该是能够读出来的。

几年后，马克·吐温应《哈珀杂志》之邀，开始撰写《夏娃日记》。故事主要讲述亚当夏娃如何从相知到相爱的过程，以及两人探索发现新世界的经历。故事中的夏娃知道自己和亚当都是"试验品"，但她对周围的世界仍充满着良好的愿望和无法遏制的好奇，对美有敏锐的感知和热诚的渴望。《夏娃日记》中，马克·吐温采用的是夏娃的女性视角，虽然不乏荒诞可笑的段落，总体基调是细腻甚至伤感的，与十多年前的《亚当日记》完全不同。故事最初发表于1905年《哈珀杂志》的圣诞特刊，1906年出版单行本，配以莱斯特·拉尔夫的五十五幅精美插图，亦收录在同年由豪威尔斯等主编的小说集《丈夫的妻子们》中。

　　创作《夏娃日记》时，马克·吐温珍爱的妻子奥莉维娅（莉维）已于1904年去世。奥莉维娅生于1845年，小马克·吐温十岁，父亲是美国东部的富商，而马克·吐温年轻时熟悉的是西部的生活，所以两人在价值观念、生活方式上有很大差异。两人于1867年相识，奥莉维娅受过良好教育，第一次约会，两人共读狄更斯的小说，相处甚欢。但奥莉维娅的父亲反对两人交往，马克·吐温一年之内写了近百封书信，求婚两次，两人才终成眷属。奥莉维娅与马克·吐温生有一子三女，夫妻感情甚笃，奥莉维娅还帮助编辑整理丈夫的作品，是他写作上的益友。爱妻去世，对晚年的马克·吐温来说，是个沉重的打击。

马克·吐温晚年的作品大多悲观消沉，《夏娃日记》是少数充满天真与温情的作品，或与作者当时的心境有关。最后三节中，夏娃反思自己为什么会深爱着亚当，列举了种种理由，最后结论是"爱来了就来了……无法解释。也无需解释"；"四十年后"，夏娃更断言"我是人类的第一位妻子，而人类最后一位妻子，亦必如此"，读来令人动容。那么，亚当对夏娃的感情呢？故事结尾只有一句话："伊人所在，无论何处，即为伊甸园。"中国的著名作家、编辑柏园先生读到此处，不禁问道："作者——马克·吐温——为什么硬要把那么深情的话写在夏娃的坟头呢？太残酷了。"命运对于晚年的马克·吐温的确是很残酷的，他笔下那令人魂牵梦绕的爱，在现实中已不可复得。

《夏娃日记》完稿之后，大约在1905至1906年间，马克·吐温创作了《夏娃自传》，以较长的篇幅描写了亚当夏娃在伊甸园中发现、探索的历程，两人都是"科学家"，以实证和实验的方法，对新世界的现象进行观察、分析；《夏娃自传》同时也细腻地展现了两人情感发展过程，尤其是两人对孩子的态度。故事中，夏娃一直小心翼翼地呵护、包容着亚当，对亚当的各种虚荣、倔强行为也都努力理解，既是爱人也是母亲，读者从字里行间也能感受到作者晚年的心境。

一篇以亚当为主人公的短篇——《亚当独白》——大约也创作于1905年前后，但生前未发表。《亚当独白》中，人类始祖穿越到现代纽约的自然历史博物馆,并质疑诺亚当初在将动物装入方舟时,遗漏了有益的动物,而装入了很多有害的动物;第二部分亚当坐在公园的椅子上,与现代纽约一位推着婴儿车的女性谈话。

亚当夏娃系列短篇中,各篇风格上有比较明显的差异,有的幽默欢快,有的寓庄于谐,一些段落激烈直白、近乎控诉,也有些段落绵柔哀婉,读来催人泪下。读者不妨慢慢体会。除了篇幅较长的《亚当日记节选》《夏娃日记》之外,其他的都是作者去世后出版的,一部分首次收录在1923年的《欧洲等地》中(包括《夏娃开口》、《伊甸园里的那一天》、《亚当独白》),其余的则要迟到1962年才首次发表,收录在《地球来信》中。总体看来,死后出版的作品对宗教的抨击比较明显,讽刺更加直白。后来的各种版本中,《亚当日记节选》《夏娃日记》多依据1906年的版本,其他篇目则依据1923年和1962年的版本,仍常采用拉尔夫绘制的精美插图。

马克·吐温在中国知之者众。《竞选州长》曾入选中学教材,一代中国人读着长大的,抨击的是内战后不久的美国政治生态。《百万英镑》熟悉的人也很多,对社会各阶层的拜金主义进行嬉笑怒骂,是极高妙的讽刺艺术作品。长篇小说中,中国人最熟悉的当属《汤姆·索亚历险记》和《哈克贝利·费恩历险记》,年轻读者尤其喜爱。中国知网上用"马克·吐温"进行摘要检索,有学术文章二千五百余篇,近十年来每年都在二百篇左右,可见学术界对其文学成就也非常重视。马克·吐温自己曾说:"声名如蒸汽,流行乃偶然,唯遗忘乃尘世唯一确信之事。"此话虽含至理,却似乎不能用在他自己身上。马克·吐温已逝世一百多年,但人们并没有忘记他。

知者众,误解亦深,马克·吐温在中国尤其如此。根据马祖毅先生的考证,马克·吐温是中国清末最早译介的美国作家之一,1905 年即有《俄皇独语》与《山家奇遇》两个短篇刊于上海的《志学报》,其时作者尚在人世。《亚当夏娃日记》实际上是译介最早的马克·吐温作品之一,在时间上比《汤姆·索亚历险记》、《哈克贝利·费恩历险记》要早二十多年。1931 年,左联作家李兰就译出了《夏娃日记》,由上海湖风书局出版,署名唐丰瑜,前有鲁迅先生的序言,谓之"《夏娃日记》小引"。鲁迅先生认为这部作品形同美国姑娘,分明上了年纪却依然要做出天真的笑来,"幸而靠了作者的纯熟的手腕,令人一时难以看出,仍不失为活泼泼的作品";鲁迅先生称赞译本中拉尔夫的插图柔软清晰,布局可比清季的任渭长,但远比任作健康;对李兰的译本也非常肯定。

然而,译介最早的作品未必流传最广。《亚当夏娃日记》由李兰首译之后,在中国沉寂了很多年,读者只知道社会批判家马克·吐温，不知其他。近年来中国学者杨金才、于雷对马克·吐温在中国的译介评论史做过详尽的梳理，有一些有趣的发现，用心的读者不妨去看一看。由于历史的原因，我们对于马克·吐温有非常固化的刻板印象，概而言之，不外乎"幽默"、"批判"这两个关键词。"幽默"是艺术形式，并不是简单的文字游戏或说笑话。鲁迅先生说，马克·吐温是"含着哀怨而在嬉笑"，是"表里两样"的，不过鲁迅的评价并没有改变此后人们对马克·吐温的先入之见。"批判"呢，指的是作品的内容，由于特定社会环境的要求，我们过于凸显马克·吐温对资本主义社会的讽刺鞭挞，放大了其作品的社会性，忽略其他内容，尤其是其中关于人性的思考，像《亚当夏娃日记》这种剥离社会背景、直白表现爱情的作品，在某个时期显得不伦不类，难以归入宏大叙事，只好搁置不理。现在看来，用"幽默"涵盖他的诗学特性，用"批判"遮蔽他的思想内容，都是有失公允的。我们对马克·吐温的译介工作，新中国成立后虽然有很大成就，但用吴钧陶先生的话来说，给读者留下的是一个正确却不全面的印象。

近年来，我们对于马克·吐温的了解逐渐解缚，除了社会批判类作品之外，他的寓言、政论、杂文、小品甚至科幻、"穿越"故事，都得到了更多关注，其中《亚当夏娃日记》尤其应该受到重视。在晚年创作的这一系列故事中，马克·吐温表达了他对人类起源与归宿、人对世界的认知、宗教信仰、人类之爱、科学之理等问题的思考,也注入了他一生最刻骨铭心的眷恋与柔情。相信读者阅读这些故事之后,会看到一个与刻板印象完全不同的马克·吐温,对他的作品也会有更全面更深切的体会。

周小进

2016 年 5 月

目 录

亚当夏娃日记

第一部　亚当日记节选

礼拜一

　　这个新来的,长着长头发,经常挡手挡脚。它总在我周围晃悠,一直跟着我。这我可不喜欢;我不习惯有人跟着。真希望它老老实实,和其他动物待在一起……今天有云,东面有风;感觉我们该有雨啦……**我们**? 这个词,我是从哪儿学来的? 想起来了——是这新来的东西用的。

礼拜二

　　仔细看了那个大瀑布。这个地方,最好的东西就是瀑布了,我这么想。新来的人称之为尼亚加拉瀑布——为什么呢,我肯定自己是不明白的。它说**样子像**尼亚加拉瀑布。这可算不上什么理由;完全是任性、愚蠢。我自己还没机会给东西取名字呢。新来的人遇到什么就取个名字,我连抗议都来不及。每次都是同一个理由——**样子像某个东西**。比如说渡渡鸟吧。它说，看到的时候，只要扫一眼就立即知道了，那"样子像是渡渡鸟"。不用说，这鸟儿的名字，以后就这么定下来了。为这事烦心，让我觉得累，反正又没什么用处。渡渡鸟！那东西像渡渡鸟？还不如我像呢。

礼拜三

给自己造了个避雨的地方，却不能安安静静自己享用。新来的人闯了进来。我要把它赶出去，它用来看东西的那两个洞里，却流出水来，它用爪子的背部把水擦掉，发出了一些动物难过时发出的那种声音。真希望它不说话；它总是在说话。这样说，似乎是随便嘲笑这个可怜的东西，是诽谤它；但我可不是这个意思。以前我从来没有听过人的声音，这些梦一般孤寂的地方，有一种庄严的静谧，任何新来的奇怪声音闯进来，都会让我的耳朵感到不舒服，似乎不对劲。而且这新声音离我太近了；就在我肩头，在我耳边，先是这一侧，然后又到了那一侧，而我习惯的声音，多少都离我比较远。

礼拜五

仍然在无所顾忌地取名字，虽然我能做的也都做了。这个地方，我原来有个很好的名字，又好听又漂亮，叫做"伊甸花园"。这个名字，我私下里还这么称呼，但已经不能公开使用了。这个新东西说，这地方全是树林啊、岩石啊、自然风光

Extracts from Adam's Diary

而且这新声音离我太近了；就在我肩头，在我耳边

啊,所以呢,一点儿也不像花园。还说,这地方像公园,只像公园,别的什么也不像。结果,在没有与我商量的情况下,这地方就给取了个新名字,叫做"尼亚加拉瀑布公园"。在我看来,这已经是很我行我素的做法了。何况又竖起了一块标识牌,写着:

　　勿践踏草地!

我的日子没有以前那么幸福了。

礼拜六

　　这个新东西水果吃得太多。我们要缺水果了,很有可能。又用了"我们"——这可是它用的;现在呢,也成了我的词汇,我听得太多了。今天上午雾挺大的。有雾的话,我自己是不出去的。这个新东西照样出去。无论什么天气,它都出去,脚上沾满泥巴也不管,就噔噔噔直接进来了。话又多。以前这儿多愉快、多安静啊。

礼拜天

　　熬过去了。这一天越来越难熬了。去年十一月,这一天被挑出来,专门作为休息的日子。之前,我每个礼拜就已经有六个休息的日子了。今天上午,这个新东西想用土块把禁树上的苹果砸下来。

礼拜一

　　这新东西说，它叫夏娃。这没什么问题，我并不反对。当时我说，那是冗余之举。"冗余"这个词，显然让它对我更加尊敬；这的确是个很好、很大的词语，也经得起多说几遍。它说，它不是"它"，而是"她"。这很可能有问题；但是，对我来说，都是同一个。如果她可以不来烦我，不要说话，那么她究竟是什么，对我就无关紧要了。

礼拜二

　　这个地方，到处丢满了她那些令人憎恶的名字和令人生气的标识：

　　　　此路通向漩涡
　　　　此路通向山羊岛
　　　　风洞，由此向前

　　她说，这公园能成为一个不错的消暑胜地，如果有这种做法的话。消暑胜地——又是她发明的什么东西——不过是词语而已，没有什么意义。消暑胜地是什么？不过，最好还是不要去问她；她解释起来可没完没了。

礼拜五

最近她老是求我不要到瀑布里去。那能有什么坏处呢？说她心里发颤。我也不明白为什么；我一直都这么做——水冲下来，凉丝丝的，我一直喜欢。我想，那儿有个瀑布，也就是为了这个目的吧。我看不出还有什么别的用处，而且造个瀑布放在那儿，总有个目的吧。她说，造瀑布是为了风景——像犀牛和乳齿象一样。

我坐在桶里去瀑布——她不满意。坐盆去——还是不满意。穿着无花果叶子编的衣服，到漩涡和水流中游泳。衣服破得厉害。结果呢，又没完没了地抱怨我浪费东西。我在这儿束手束脚。我需要换个地方了。

礼拜六

上个礼拜二晚上，我逃了，走了两天，选了个偏僻的地方，给自己又造了个住处，还尽可能把足迹遮掩起来。但是，她还是找到了，因为她带了一头野兽，是她驯服的，叫它为狼。她又发出了那种可怜的声音，用来看东西的地方又流出水来。我只好跟她回去，但只要有机会，我马上就会离开，换个地方。她忙着做很多傻事——比如，她要搞清楚，叫做狮子和老虎的那些动物为什么会吃草和花，因为根据她的说法，这些动物的牙齿说明，它们该互相撕咬，吃掉对方。这当然是傻事，因为动物们如果那样做，就会杀死对方，那样一来,根据我的理解,就会带来所谓的"死亡",而死亡呢,根据我听到的说法,还没到过公园里呢。这其实是个遗憾,一定程度上。

礼拜天

熬过去了。

礼拜一

我相信,我明白了每个礼拜是用来做什么的:就是为了缓解每个礼拜天的疲乏。看起来是个不错的主意……她又在爬那棵树。用土块把她砸下来了。她说没人看。好像觉得只要没人看,就有充足的理据,去尝试一下危险的事情。这话跟她说了。"理据"这个词,让她很佩服——也很妒忌吧,我想。这是个好词。

礼拜二

她对我说,她是从我身上摘下一根肋骨然后造出来的。这话就算不是胡说八道,至少也令人生疑。我并没有少根肋骨……她很操心秃鹫的事情:说秃鹫不适合吃草,担心自己养不了;说秃鹫该吃腐烂的肉。秃鹫应该在现有的情况下尽可能过得更好。我们可不能为了秃鹫生活舒适,就把整个系统推翻。

礼拜六

　　昨天，她掉进了池塘，她总喜欢到池塘边，看自己在水里的模样。她险些憋死，说那种感觉非常不舒服。于是她为生活在水里的那些东西感到难过，她把它们叫做"鱼"，她仍然在给各种东西取名字，可它们并不需要名字，喊名字的时候它们也不来，不过这对她无关紧要。反正，她就是这么傻……于是，她把很多鱼从水里弄出来，昨天晚上又把它们拿进屋，放到我的床上取暖。但是，我一整天都不时看一下，我看它们不见得比之前更加开心，只是更安静了。今天晚上，我要把它们都扔到外面去。我可不愿意再和它们睡觉了，因为我发现，如果身上什么都不穿，躺在它们中间，又黏又湿，很不舒服。

礼拜天

　　熬过去了。

礼拜二

　　现在她和一条蛇混熟了。其他动物很高兴，因为她总是拿它们做实验，打扰它们；我也很高兴，因为这条蛇会讲话，这样我就能清静一下了。

礼拜五

　　她说，蛇建议她试试那棵树上的果子，说结果呢，将会是一次重要、美好而又高贵的教育。我对她说，还会有另一个结果——那会把死亡带到这个世界。我不该说。这话放在自己心里会更好；我一说，她就有了一个念头：她能拯救生病的秃鹫，也能为无精打采的狮子和老虎提供新鲜的肉。我建议她不要去碰那棵树。她说她不会碰的。我觉得麻烦要来了。打算离开。

礼拜三

　　我经历了时光的变迁。昨晚我出逃了，骑着一匹马跑了一晚上，他能跑多快就跑多快，我希望离公园远远的，在麻烦开始之前，找个别的地方躲起来；然而，事与愿违。太阳起山后大约一小时，我骑马穿过一片鲜花盛开的平原，几千头动物各随其好，在平原上吃草、睡觉或相互嬉戏。突然，动物们发出一阵暴风骤雨般的、可怕的吵闹声，眨眼之间，整个平原陷入疯狂的混乱之中，每头野兽都在撕咬身边的同伴。我明白这是怎么回事——夏娃吃了果子，死亡来到了世界上……几只老虎吃掉了我的马，我命令它们住手，可它们毫不理睬，甚至连我都要吃掉，如果我待在那儿不走的话……不过我没那么做，而是匆匆忙忙地离开了……

　　我找到了现在这个地方，在公园外面，很舒服地过了几天，可她还是找了过来。找了过来，还把这儿命名为"托纳旺达"——说这儿看起来像"托纳旺达"。实际上，她来了，我

Extracts from Adam's Diary

我以前从没见过别人傻笑、脸红

没觉得不好，因为这儿能摘的东西很少，而她带来了一些苹果。我只好吃些苹果，我太饿了。这有违我的原则，可我发现，人要是不能填饱肚子，原则就成了虚弱无力的东西……

她来的时候，身上挂着树枝和一把把的树叶，像帘子一样，我问她这样瞎闹是什么意思，又把那些东西拽下来，扔到地上，这时她傻傻地笑着，脸红了。我以前从没见过别人傻笑、脸红，我觉得那样子不合适，又愚蠢。她说，很快我自己就会知道这是怎么回事。这话说得对。我还是饿，但苹果只吃了一半，我就放了下来——当然是我见过的最好的苹果，毕竟这个季节就要过去了——把刚才扔掉的树枝挂在自己身上，然后有些严肃地跟她说话，命令她再去弄些树枝来，别这样出洋相。她按我说的做了，之后，我们爬到野兽打过仗的地方，捡了一些兽皮，我让她拼出了几件衣服，适合公开场合穿。衣服都不舒服，没错，但很时尚，衣服嘛，时尚才重要……我发现她是个好伴儿。我明白了，我已经失去了地产，如果没有她的话，我会感到孤单、心情低落。还有一件事，她说，已经给我们下了命令，从今往后，我们必须自己干活养活自己。她会帮忙。我会监管。

十天后

她竟然指责说，是**我**导致了我们的灾难！她一脸恳切而诚实地说，那条蛇曾向她保证，禁果不是苹果，而是栗子。我

Extracts from Adam's Diary

她一脸恳切而诚实地说,那条蛇曾向她保证,禁果不是苹果,而是栗子

说，那时候我是清白的，因为我可没有吃过什么栗子。她说，蛇告诉她，"栗子"是个比喻的说法，指的是老掉牙的笑话。听到这话，我脸都白了，因为我讲过很多笑话以打发无聊的时光，其中一些可能就是她说的那种笑话，虽然我以前真的觉得，在我讲出来的时候，笑话还是新的。她问我，大灾难发生的时候，我是不是讲过笑话。我只好承认，我的确给自己讲了个笑话，但并没有大声说出来。情况是这样的：当时我在想着瀑布，我心里说，"看那儿那么多的水翻滚下来，多么奇妙啊！"接着，突然之间，我脑海里闪过一个聪明的念头，我兴致所至，就随口说道，"如果能看它翻滚上去，那要奇妙得多！"——这个想法都快让我笑死了，就在这时候，大自然一切都在战争和死亡中乱了套，我也只好逃命去了。"对啦，"她得意地说，"这就对啦。蛇提到的，正是这个笑话，说这是'第一枚栗子'，万物初创之时就有了。"哎呀，真该怪我。真希望我没那么机灵；哎呀，真希望我从来没有过那个聪明的念头！

次年

　　我们给它取名为该隐。是她抓到的，那时候我在内地，在伊利湖北岸设陷阱抓猎物；在那个树林里抓到的，离我们的地洞有几英里——也许是四英里吧，她不太确定。它有些地方和我们很像，可能是亲戚。她是这么想的，但根据我的判断，这是个错误。根据体型大小的差异，就可以断定，这是一种不一样的新动物——也许是种鱼吧，我把它放到水里，看看是不是，它却沉了下去，她跳进水里，把它抓了上来，实验因此中止，没法把这事弄清楚了。现在我仍然认为这是条鱼，但她并不关心它究竟是什么，又不许我拿它去试。这我搞不明白。这个动物一来，她整个人似乎都变了，对实验很不理智。她经常想着它，超过所有别的动物，但又解释不了为什么。她大脑混乱了——在所有事情上都能看出来。有时候，那条鱼不开心，要到水里去，她会把它抱在怀里，半个晚上都不放下来。这时候，她脸上用来看东西的那个地方就会流出水来，她拍着那条鱼的背，嘴巴里发出轻柔的声音安慰它，表现出无尽的忧伤和牵挂。我没见过她这样对待其他鱼，这让我非常担心。以前，在我们失去地产之前，她也曾这样抱着小老虎，与它们玩耍，但那只是玩儿。如果老虎不喜欢它们的晚餐，她也不会像现在这样情绪激动。

礼拜天

　　礼拜天她不干活，就躺在那儿，一副筋疲力尽的模样。她喜欢让那条鱼在她身上打滚，发出傻傻的声音逗它开心，还假装要咬它的爪子，这会让它大笑起来。以前我从没见过会笑的鱼。这让我心生疑虑……我自己开始喜欢上了礼拜天。管理事情，整整一个星期下来，让身体累得够呛。礼拜天应该更多一些。以前的日子里,礼拜天很难熬,现在有礼拜天可真不错。

礼拜三

　　这不是鱼。究竟是什么,我还不太能弄清楚。不满足的时候,它会发出奇怪的、魔鬼似的声音;满足的时候就说"咕咕"。它跟我们不是同类,因为它不走路;也不是鸟,因为它不会飞;也不是青蛙,因为它不会跳;也不是蛇,因为它不爬行。我觉得它应该不是鱼,尽管我没有机会查看它究竟会不会游泳。它只是躺着,大多时候脸朝上,脚抬起来。我从没见过其他动物这样做。我说,我相信这是个未知之谜;可她只是钦佩未知之谜这个词语,并不理解它真正的意思。根据我的判断,这要么是个未知之谜,要么就是一种虫子。如果它死了,我要把它打开,看看它的构造。从来没什么东西让我如此困惑。

三个月后

　　困惑没有减少,反而增加了。我睡得很少。它已经不再躺在那儿了,而是开始用四条腿到处走动。可是,它和其他四条腿的动物又不一样,因为它的前腿特别短。结果,它身体的大部分都别扭地竖立在空中,这可一点儿也不好看。它的身体和我们差不多,但它走路的样子表明,它和我们不属于同类。短前肢和长后肢表明,它属于袋鼠科,但它是此物种的一种显著变种,因为真正的袋鼠会跳,这个却从来不跳。不过,它仍旧是一种奇特而有趣的变种,此前并无记载。既然是我发现的,我觉得有理由让它带上我的名字,以明确我首先发现的荣耀,因此我就称之为亚当袋鼠……它来的时候,应该是个幼崽,因为它后来一直在长。它现在肯定有刚来时五倍那么大,不满足时,它能发出更大的声音,是一开始的二十二到三十八倍。威吓无济于事,而且效果适得其反。因此,我中止了这一制度。她通过劝说能让它安静一些,或者给它东西,尽管她之前跟我说过,她不会把这些东西给它。前面已经交代过,当初它来的时候,我不在家,她对我说,是在树林里找到的。如果说它孑然一身、没有同类,似乎有些奇怪,但实际情况应该是这样,因为最近好几个礼拜,我给弄得疲惫不堪,我一直想再找一个,以扩充我的收藏,也给它找个玩伴——如果有个伴儿,它肯定要安静一点儿吧,我们要驯服它,也会更容易。但我一个都没找到,也没有发现它的同类留下的痕迹,而最奇怪的是,没有脚印。它必须生活在地上,这一点它没有办法吧;那么,它怎么能四处走动而不留下脚印呢?我设了十几个陷阱,但都没用。我抓到了所有小动物,除了它的同类;我想,那些动物走进陷阱完全是出于好奇,想看看奶放在那儿是干吗的。它们从不喝奶。

三个月后

　　这只袋鼠还在长个不停，这真是很奇怪，很让人疑惑。我从没见过别的袋鼠长大竟然要这么久。现在它脑袋上有毛了；不像袋鼠的毛，倒和我们的头发一模一样，不过要细得多、软得多，不是黑色，而是红色的。这个动物学上的怪胎无法归类，它的生长发育过程变化莫测、令人烦躁，都要把我逼疯了。要是还能抓到一只就好了——但这毫无希望。这是一种新物种，而且仅此一只；这一点已经毫无疑问了。我抓了一只真正的袋鼠，带回家里，我想它很孤单，一个亲戚也没有，应该会愿意去找袋鼠做伴儿，甚至愿意去找任何动物，只要对方能让它感到亲近或者给予它同情，毕竟它现在处境凄凉，周围都是陌生人，不了解它的生活方式和习惯，也不知道该怎么做才能让它感到友好。但是，我想错了——看到袋鼠，它就激动发狂起来，于是我相信它以前从来没见过袋鼠。这可怜的小动物叫嚷不休，我怜悯它，却没有办法让它开心。我要是能驯服它就好了……但这是不可能的；我越是努力，好像结果越糟糕。看着这小东西一阵阵的悲伤和激动，我心里非常难过。我想把它放掉，可她决不答应。这似乎是件残酷的事情，不像她平时的为人；可是，也许她是对的。如果放它走，它也许会更加孤独，既然我都不能给它找个伴儿，它自己怎么能找到呢？

五个月后

　　它不是袋鼠。肯定不是，因为它拉着她的指头能够站稳，接着用后肢走几步，然后倒下来。很可能是某种熊，但它却没有尾巴——目前还没有，除了脑袋之外，也没有皮毛。它仍旧在长——这就有些奇怪了，因为熊的成长要早一些。熊很危险——自从大灾难降临到我们身上之后——所以，如果这头熊嘴上不戴罩子，在我们住的地方晃来晃去，我是不放心的。我跟她说，如果她愿意把这头熊放走，我就给她抓一只袋鼠来，但我的提议没有用处。我想，她是铁了心要拉着我们去进行愚蠢的冒险了。她脑子出了问题，以前可不是这个样子。

两个礼拜后

　　我查看了它的嘴巴。目前还没有危险：它只有一颗牙。尾巴也还没长出来。现在，它比以前更加吵闹了——大多是在夜里。我已经搬出去了。不过我还会过去，早上的时候，去吃早饭，也看看它有没有长出新牙。等它长出满嘴的牙齿，就该让它离开了，无论那时候它有没有尾巴，因为熊就算没有尾巴，也是很危险的。

四个月后

　　我离开了一个月，到她称为"水牛"的地方打猎捕鱼；我

Extracts from Adam's Diary

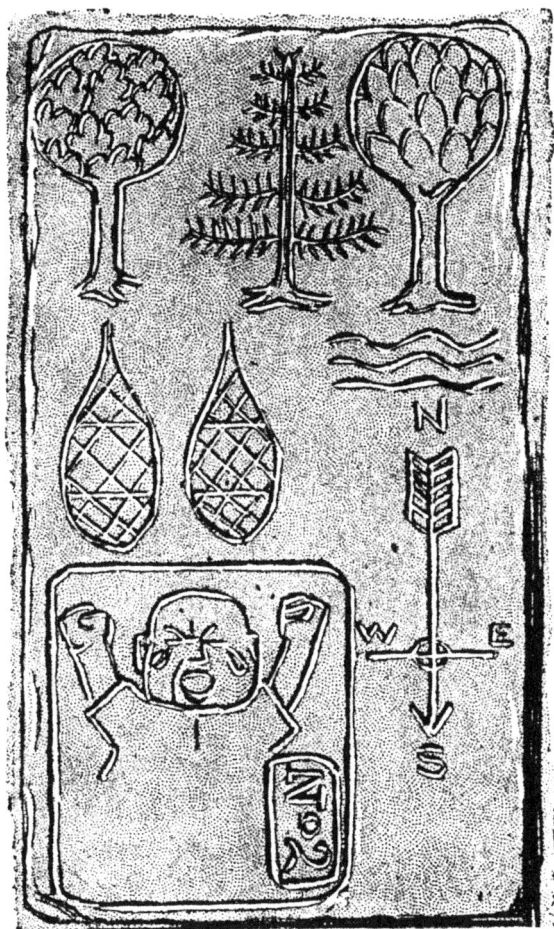

与此同时，她待在家里都没挪地方，却又抓了一个

Extracts from Adam's Diary

她称它为"亚伯"

不明白她为什么取这个名字,难道是因为那儿没有水牛?与此同时,这头熊已经学会了自己用后肢摇摇晃晃地走路,还会说"爸卟"和"妈姆"。这肯定是个新物种。虽然它发出的声音很像单词,但那纯粹是巧合,肯定地,也许根本就没有目的、没有意义。不过,尽管如此,这也是很不寻常的事情,因为别的熊都不会。它能模仿人说话,身上基本上没有皮毛,没有一丁点儿尾巴,这些加起来充分表明,这是一种新的熊。如果进一步研究,将会非常有趣。与此同时,我打算去远行,到北方的树林中去,彻底地搜索一番。肯定还有这样的熊在什么地方吧,如果有同类作伴,这头熊就不会那么危险。我马上就动身,但我要先把这头熊的嘴给套住。

三个月后

　　这次搜索很累、很累,但没有收获。与此同时,她待在家里都没挪地方,却又抓了一个!我可从来没有这么好的运气。就算我在那些树林里搜上一百年,也不会撞上那么个东西。

次日

　　我一直在比较新到的和原有的,毫无疑问,它们属于同一个种类。我本来打算将其中一个做成填充标本收藏起来,但她不知道因为什么原因,对这种做法有些偏见,于是我放弃了这个念头，尽管我认为这是个错误。万一它们逃走了，那对于科学而言，将会是无法弥补的损失。原来的那个比以前更温驯了，会大笑，还会像鹦鹉一样说话，毫无疑问，这是因为它和鹦鹉经常待在一起，而且它有高度发达的模仿能力。以后如果发现它实际上是一种新型的鹦鹉，我会感到震惊；但是，我不该感到震惊，因为最初那些日子里，它是一条鱼，从那以后，它能想到的东西，它几乎全都当过。新来的很丑，和第一个一开始的时候一样；同样的生肉一般的硫黄色皮肤，同样奇特的脑袋，上面没有毛发。她称它为"亚伯"。

十年后

　　他们是**男孩**；很久以前我们就发现了。是他们到来时那又小又嫩的模样，让我们糊涂了；那时候我们不习惯。现在还有一些女孩。亚伯是个好孩子，但是，如果该隐一直是头熊，那应该会让他变得更好。经过这么多年，我明白了，一开始我对夏娃的看法是不对的；一个人住在伊甸园里，不如和她一起住在伊甸园外。起初我觉得她话太多；但是，现在如果那声音沉寂，从我生命中消失，我会感到难过。愿那枚栗子获得福佑，是它将我们连在一起，教我懂得她心地的良善、精神的甜美！

Extracts from Adam's Diary

我明白了,一开始我对夏娃的看法是不对的

第二部　夏娃日记(译自原稿)

礼拜六

　　我的年龄,现在快一整天了。我是昨天到的。在我看来是这样。实际上也该是这样吧,如果昨天之前还有日子,那么日子来临时我也不在场,否则我应该记得。当然,也许真的有过那个日子,可当时我没有注意,这也是有可能的。那好吧,现在我就开始留意,如果还有什么昨日之前的日子来临,我就记下来。最好开个好头,别让这纪录乱了,因为某种本能告诉我,有一天这些细节会成为历史学家的重要材料。因为,我感觉像是个实验品,我感觉就是个实验品,不可能还有人感觉比我更像实验品了,所以我慢慢开始相信,这就是**我**——实验品;不过是个实验品,仅此而已。

　　如果我是个实验品,那么,实验中没有其他人了吗? 没了,我想没了。我觉得其他的也是实验中的一部分。我是主要的部分,但我认为在这件事情当中,其他的也有其作用。

高贵、美丽的艺术品不应该仓促造就，而这恢弘的新世界正是一件最高贵、最美丽的作品

我的位置很稳固吗？或许我该留意，想办法保住位置？可能是后者吧。某种本能告诉我，高人一等的代价是永远警惕。我觉得，对于一个这么年轻的人来说，这话说得很好。

今天的一切，看起来都比昨天更好。昨天急着完工，结果山都参差不齐，一些平原上堆满了垃圾和残余的材料，看上去令人抑郁。高贵、美丽的艺术品不应该仓促造就，而这恢弘的新世界正是一件最高贵、最美丽的作品。虽然时间短暂，但肯定美轮美奂，近乎完美。有些地方星星太多了，有些地方又太少了点儿，但是毫无疑问，这很快就能纠正过来。昨天晚上月亮松动了，滑了下去，跌出了这伟大的宏图——真是个大损失。想起来，就让我伤心。若论华丽完美，所有点缀装饰之物中，没有超过月亮的。应该把它固定得更牢固一些。要是我们能把月亮弄回来该多好……

当然，月亮上哪儿去了，谁也不知道。而且，无论谁得到了它，都会藏起来。这我知道，因为我自己就会这样做。我相信，在其他事情上，我都能诚实可信，但我已经意识到，我的本性中，最关键、最核心的部分，是对美的爱慕，对美的激情；我也意识到，如果月亮是别人的，那个人又不知道月亮在我手上，那么把月亮交给我是不安全的。如果是白天找到了月亮，我能够忍住不据为己有，因为我会担心别人在找；但如果是在黑暗中找到的，我肯定会找出某个借口，一点儿消息也不透露。因为我真是爱月亮，那么漂亮，那么浪漫。我真

因为我真是爱月亮,那么漂亮,那么浪漫

希望我们有五个或者六个月亮。那我就永远不上床睡觉。我要一直躺在长着青苔的堤岸上，仰脸望着它们，永远不会感到疲倦。

星星也很好。我希望能抓一些下来，放到我头发上。不过，我想那是不可能抓得到的。它们其实很远，你一旦发现这一点，会非常惊讶，因为它们看起来很近。昨天晚上，星星刚亮起来，我就拿了根竿子，想打一些下来，但竿子根本够不着，让我吃了一惊；然后我又试着用土块砸，我累得筋疲力尽，也没能砸下一颗来。那是因为我习惯用左手，扔得不够准。我朝想要的那颗星星旁边瞄准，还是打不中，不过有一些还是比较接近的，因为有四五十次，我看到土块像个黑点一样，直接射入那金黄色的簇簇星团之中，就只差了一点点，要是我还坚持一会儿，说不定就能打下一颗来。

所以我哭了一会儿，我想我年龄这么小，这应该是很自然的事吧。休息了一会儿之后，我拿起一只篮子，朝最边缘的某个地方走去，那儿的星星离地面很近，我用手就能摘到，那样反而更好，因为我可以轻轻地摘，不会让星星摔下来。但是，我没想到那地方居然那么远，最后我只好放弃了。我筋疲力尽，连半步都迈不动了，而且两只脚都疼得要命。

我没法回家。路太远，天气也渐渐冷了下来，不过我找到了一些老虎，就挤在老虎中间，蜷缩着，真是又暖和又舒服，老虎吃的是草莓，所以发出的气息甜美怡人。我虽然以

我觉得那是个男人

前没见过老虎，但一看到斑纹我就认出来了。如果我能拥有一张那样的毛皮，就可以做一件可爱的袍子。

今天，我对距离的理解有了进步。我心里着急，一遇到漂亮的东西，就冒冒失失地去抓，有时候距离太远，根本抓不着，有时候只有六英寸远，但看起来好像有一英尺——啊，那是因为中间有荆棘！我受了一次教训；还编出了一条格言，是我自己脑子里凭空想出来的——我的第一条格言：**试验品皮划破，遇到荆棘就要躲**。我觉得，这条格言编得非常好，毕竟我年龄很小。

昨天下午，我跟在另外那个试验品后面走，当然隔了一段路，如果可能的话，我想看看它是用来干什么的。但我没有弄明白。我觉得那是个男人。我从没见过男人，但它看起来像，我觉得很有把握，那就是个男人。我意识到，与别的爬行动物相比，我对它更加好奇。如果它是个爬行动物的话，我觉得应该是的，因为它毛发乱糟糟的，眼睛是蓝色的，看起来像个爬行动物。它没有臀部——身体从上到下慢慢变细，像根胡萝卜，站起来时浑身展开，像油井的井架，所以我觉得它是个爬行动物，不过它也许只是个搭建起来的东西。

一开始我怕它，它一转身，我撒腿就跑，因为我觉得它是要来追我；但是，我慢慢发现，它其实只是想甩开我，后来我就不害怕了，仍然跟在后面，离它大概有二十码吧，一跟就是几个小时,这让它很紧张、很不开心。最后,它非常焦虑,竟然爬上了一棵树。我等了好一会儿,最后算了,自己回家了。

今天,又是同样的事情。我又一次把它赶到了树上。

礼拜天

它还在那上面。看起来像是在休息。但那只是做做样子: 礼拜天可不是休息的日子;礼拜六才是指定休息日。在我看来,它这种生物,好像只对休息感兴趣。如果让我一直这么歇着,我会累的。在树旁边坐着看,我都觉得累。我真不明白它有什么用处;我从没见过它做点什么事情。

昨天晚上,他们把月亮还了回来,我真是高兴啊! 我觉得他们这样做非常诚实。月亮滑下去,又消失了,但这次我并不难过。身边有这样的邻居们,那就没必要担心了,他们会把月亮弄回来的。真希望我能做点什么,表示一下感谢。我倒愿意送些星星给他们,我们用不了这么多。不对,不是我们,是我,我看那个爬行动物对这种事情是毫不关心的。

它口味粗鄙,也不善良。昨天黄昏我去那儿的时候,它已经爬到了水塘旁边,正在抓水中游玩的那种有斑点的小鱼,我只好拿土块砸它,它这才放过小鱼,又爬到树上去了。我心里想,难道这就是它的作用? 难道它是铁石心肠? 难道它对那些小东西都没有感情? 会不会它就是这么设计、制造

因为他很害羞,不过我并不介意

的,就为了做这种狠心的事情? 看它的样子,倒像是这样。有一块砸在它耳朵后面,它开口说话了。我感到一阵激动,因为这是我第一次听人说话,除了我自己的声音之外。说的词语我不明白,不过似乎很有表现力。

发现它会说话之后,我对它又有了新的兴趣,因为我喜爱说话,我整天都在说话,睡觉的时候也说,而且我也很有趣;但是,如果可以对另一个人讲话,那我能比现在有趣一倍,只要人家愿意,我可以一直说下去。

如果这爬行动物是个男人,那它就不该叫"它"(it),不是吗? 那样不符合语法,是吧? 我想它该称作"他"(he)。我想是这样。那么,语法上就该这么描述:主格:he;宾格:him;形容词:his' n①。好吧,我以后就把它当作一个男人,称它为"他"(he),除非它又变成其他的什么东西。这样会更加方便,没有那么多不确定。

下一个礼拜天

整整一个礼拜,我都跟在他后面跑来跑去,想跟他熟悉起来。话只好由我来说,因为他很害羞,不过我并不介意。有我跟着,他似乎很高兴,我经常使用"我们"这个交际用语,因为把他包括在内,他好像很乐意。

---

① "his'n"是"his"的非标准形式,为方言。——译者

礼拜三

　　现在,我们处得真的非常好,也越来越熟悉了。他不再想办法避开我,这是个好兆头,说明他喜欢我和他在一起。这让我很高兴,我处处留意,尽可能发挥一些作用,让他更加重视我。最近这一两天,我已经把命名的工作全部从他手里接下来了,这让他大大地松了口气,因为他在这方面没什么天赋,看来他心里很感激。他想不出来合理的名称,以挽回面子,我虽然知道了他的不足,但不会让他看出这一点来。只要碰上新的生物,我就提前说出名字,否则一阵令人尴尬的沉默之后,他的不足就暴露出来了。我用这种办法,多次让他免于难堪。我没有这种不足。眼睛一看到某个动物,我立即就知道那是什么。我根本不需要去思考;正确的名字马上就会自动出来,好像是灵光乍现一样,毫无疑问真的是灵光乍现,因为我敢肯定,半分钟前我还不知道那名字呢。好像我根据动物的外形和行动的方式,就能判断出那是什么。

　　遇到渡渡鸟的时候,他以为那是野猫——我能从他眼睛里看出来。但我救了他。而且我处理得很小心,以免伤害他的尊严。我就很自然地声音大了一些,以表示这是个意外之喜,没有流露出任何想要传达信息的意思,我说:"呀,我在此宣布,那不就是渡渡鸟么!"我解释——表面上看不出是解释——我为什么知道这是渡渡鸟。这种生物我知道,他却不知道,我觉得他也许为此有点儿气恼,但是,他显然很佩服

36　　| 译文经典

独自一个人到我初次见他的地方坐着

我。这件事让人感到非常愉快,睡觉之前,我满足地回想了好几遍。当我们觉得自己付出努力得到了回报时,一件再小的事情都能让我们开心!

礼拜四

　　我第一次感到伤心。昨天,他避开了我,似乎希望我以后不要对他讲话了。我无法相信,以为发生了什么误会,因为我喜爱和他在一起,我喜爱听他说话,那他怎么会对我没有好感呢?我什么也没有做啊。然而,最后,情况好像真的是这样,于是我就走开了,独自一个人到我初次见他的地方坐着,那是我们被造出来的那天上午,当时我还不知道他是什么东西,对他也很冷淡。可是,现在这儿成了个悲伤的地方,每个小东西都诉说着他的存在,我心里疼得厉害。为什么会这样呢,我也不太清楚,因为这是一种新的感受。以前我没有经历过,这全是个谜,我没法弄明白。

　　夜晚来临的时候,我再也忍受不了孤独了,我来到他建好的新住处,问他我做错了什么,怎么样才能弥补,换回他的善意。可他把我赶到雨里,这是我第一次伤心。

礼拜天

　　现在又好了,我很开心。但那些天很难过;只要能忍住,我就不去想。那些苹果,我想弄一些给他,但我学不会,扔得总不够直。我失败了,不过我想我的好心让他高兴。苹果是禁止吃的,他说我会受到伤害。可是,我既然是为了让他高兴而受到伤害,那我为什么要去在乎那伤害呢?

礼拜一

今天上午,我把我的名字告诉了他,希望他会感兴趣。可他并不在乎。这很奇怪。如果他肯把名字告诉我,我会在乎的。我想,在我听来,他的名字会比其他声音更加悦耳。

他话很少。也许是因为他不聪明吧,对这一点比较敏感,不希望别人知道。他有这种感受,真是个遗憾,因为聪明根本算不了什么;有价值的是人的心。真希望我能让他明白,一颗充满爱的、善良的心才是财富,有这样一颗心就够了,没有它,智力不过是贫乏的代名词。

他虽然话少,词汇量却相当丰富。今天上午,他使用了一个好得令人惊讶的单词。显然,他自己也意识到那是个好词,因为后来他漫不经心地又使用了两次。他那漫不经心的样子,装得可不好,不过这仍旧说明,他拥有某种可进一步完善的品格。毫无疑问,这种籽只要加以照料,就能生根发芽。

他这个词是从哪儿来的呢? 我想我以前从没用过。

是啊,他对我的名字没有兴趣。我努力不流露出失望的情绪,但我想我隐藏得并不好。我走到一旁,坐在长着青苔的岸上,双脚放在水里。如果我渴望身边有个人陪着,可以

我走到一旁,坐在长着青苔的岸上,双脚放在水里

难道只在乎造些小棚子,在天上落下干净的好雨水时把自己关在里面? 只在乎拍拍瓜、尝尝葡萄、用手指摸摸树上的水果,看看属于它的东西长势如何?

看看,可以说说话,那我就会到这儿来。那个可爱的白色身体,就画在那儿,在水里,虽然不够,却聊胜于无,比彻底的孤独要好。我说话的时候,它也说话;我伤心的时候,它也伤心;它对我表示同情,以此来安慰我。它说,"你这个可怜的、没有朋友的女孩,不要难过。我来当你的朋友。"它真的成了我的好朋友,也是我唯一的好朋友;它是我的姐妹。

那是她第一次抛弃我!唉,我永远也不会忘记——永远不会。我的心,变成了身体里的一个铅块!我说,"她曾是我的一切,可现在她走了!"我感到绝望,我说,"碎裂吧,我的心;我再也无法活下去了!"我用双手捂住脸,伤心欲绝、难以慰藉。等我把手拿开,过了一会儿,她又回来了,还在那儿,又白又亮又美丽,我立即跳进了她的怀抱!

这真是完美的幸福。我之前也尝过幸福的滋味,但和这并不相同,这是极乐。从那以后,我没有再怀疑过她。有时候她会离开——也许是一个小时,也许是差不多整整一天——但我会等着,心中没有疑虑。我说,"她很忙,或者是旅行去了,但她一定会回来的。"的确如此:她总会回来。晚上,如果天黑,她就不会来,因为她是个害羞的小东西;如果有月亮,她就会来。我不害怕黑暗,但她比我年轻;她出生比我晚。我到她那儿去了多少次啊;她是我的慰藉、我的避难所,在我生活艰难的时候——而生活大多时候都很艰难。

礼拜二

　　整个上午我都在干活,改善这个地方;我有意避开他,心里希望他会感到孤单,然后来找我。可他并没有来。

　　中午,我停下手中的活,玩一会儿,我和蜜蜂、蝴蝶一起到处跑,花令我陶醉,那真是些美丽的东西啊,能从空中捕捉上帝的微笑并保存下来!我采集花朵,做成了花环、花冠,穿着花做的衣服吃了午饭——午饭当然是苹果——然后,我坐在树荫下,盼望着、等待着。但他没有来。

　　不过,这也没关系。就算他来了,也不会有什么结果,因为他不在乎花。他说花是垃圾,也分不清楚不同的花,还认为有这种感觉就高人一等。他不在乎我,不在乎花,不在乎傍晚如画的天空——他有在乎的事情吗?难道只在乎造些小棚子,在天上落下干净的好雨水时把自己关在里面?只在乎拍拍瓜、尝尝葡萄、用手指摸摸树上的水果,看看属于它的东西长势如何?

　　我把一根干树枝放在地上,用另一根树枝在上面钻洞,本来是想执行原有的一个计划,但很快我就大吃一惊。一层薄薄的、透明的、有点儿蓝色的东西,从洞里冒了出来,我把东西全丢下,撒腿就跑!我以为那是个灵魂,都快吓死了!但是,我回头看,它并没有跟来,于是我靠在一块石头上,一边喘着气,一边休息,任凭四肢抖个不停,等手脚慢慢稳下来,我小心翼翼往回爬,我全神戒备、高度警觉,一有情况随时准备逃开。到了近前，我分开一片玫瑰丛的枝桠，探头朝那边望——心里期盼那个男人就在附近，因为我看起来既狡黠又漂亮——但那个小妖怪已经不见了。我走过去，洞里面有一点儿细细的粉色灰尘。我用一根手指去摸，叫了一声"哎哟"，立即又把手指拿了出来。真是痛得要命。我把指头放进嘴里，先用一只脚站着，然后又换另一只脚站，嘴里哼个不停，我用这个办法减轻了疼痛。然后我开始仔细查看，心里充满着好奇。

我很想知道那粉色的灰尘是什么。突然，我想起了它的名字，虽然我以前从没听说过。这是**火**！这一点我绝对肯定，没有一丁点儿怀疑。所以我毫不迟疑，当场就给它取了名字——火。

我创造了一个以前并不存在之物；在世界数不胜数的物品之中，我已经增加了一件新东西。我意识到了这一点，为自己的成就感到自豪，我打算跑去找他，跟他说这件事情，想让他更加尊重我——但我考虑了一下，没有这样做。不——他不会在乎的。他会问这有什么用处，那我能怎么回答呢？因为它并没有什么用处，它只是美，纯粹的美……

于是我叹了口气，没去。因为它没什么用处；它不能造棚子、不能改良西瓜、不能让水果生长更快。它没有用，就是个愚蠢、虚荣的东西。他会鄙视，说些让人难过的话。但是，对我来说，这可不该鄙视。我说，"啊，你这火啊，我爱你，你

他来到被火烧过的那块地方的边缘，站在那儿低头看着

这精美的、粉红色的小东西，你可真美啊——这就够了！"我打算把它抱在胸前。但我忍住了。接着，我大脑里又编出了一条格言，不过这一条和第一条非常接近，恐怕只能算是抄袭了："试验品烫着了，遇到火就要躲。"

我又开始干活了：我先做了很多火灰尘，然后倒在一把褐色的干草上，想把它带回家，一直留着，和它一起玩，但是风打中了它，它一下子跳起来，冲我恶狠狠地扑过来，我丢下它，拔腿就跑。等我回头看的时候，那蓝色的精灵已经长得又高又大，然后身体展开，翻滚而去，像一朵云一样，我立即就想到了它的名字——烟！——但是，我敢发誓，以前我从没有听说过烟这个词。

不久，黄色、红色的大片亮光穿过烟升上来，我立即给它命了名——叫做**火焰**——我叫出来的名字是对的，虽然这是世界上第一次出现火焰，之前都不曾有过。火焰爬到树上，烟翻翻滚滚，越来越大，越来越浓，火焰在烟雾中穿进穿出，发出耀眼的光，我欣喜若狂，不自觉地拍起手来，又唱又跳，这真是新奇美妙、无与伦比啊！

他跑了过来，然后停下脚步、盯着，很长时间不说话。最后他问这是什么。啊哈，他竟然问了个这么直截了当的问题，太糟糕了。当然，我必须回答，于是我就回答了。我说这是火。我知道它是什么，而他不得不来问我，如果他因此而感到气恼的话，那也不是我的错；我并不想惹他生气。他停

我又一次劝说他不要再到瀑布上去了

了一会儿，问道："它是怎么来的？"

又一个直截了当的问题，同样也必须有一个直截了当的答案。"我造出来的。"

火渐渐远去。他来到被火烧过的那块地方的边缘，站在那儿低头看着，然后说道，"这些都是什么？"

"炭。"

他捡起一块想仔细看看，但随即改变了主意，把炭又放回地上。然后他走了。他对什么都不感兴趣。

但是，他刚才是感兴趣的。那是灰，灰色的，柔软纤细，很漂亮——我当场就知道了它的名字。还有，那是余烬；余烬的名字我也知道。我找到了我的苹果，把它们扒了出来，我很高兴自己很年轻，胃口很好。但是，苹果都裂开了，不能吃了，让我很失望。表面看来是不能吃了，但其实不是这样——其实比生的更好吃。火是美丽的；我想，有一天它也会有用。

礼拜五

上个礼拜一，在瀑布旁边，我有一下子又看到了他，但只有一会儿。我心里希望他会表扬我努力改善居住的环境，因为我一直是好心，又非常卖力。可他并不高兴，转过身去，离开了我。还有一件事，也让他不高兴：我又一次劝说他不要再到瀑布上去了。那是因为火让我懂得了一种新的强烈情感——很新,显然不同于爱、悲伤以及我已经发现的那些情感。那就是恐惧。而且它很可怕!真希望我要是没有发现这种情感就好了;它让我阴郁沮丧,它毁坏我的幸福,它让我战栗、发抖、心悸。但我无法说服他,因为他还没有发现恐惧,所以他无法理解我。

亚当日记节选

　　也许我应该记住她还很小，只是个小女孩而已，不要苛责。她对一切充满着好奇，总是跃跃欲试、充满活力，在她眼里，这个世界充满着魔力、奇观、神秘和喜悦。发现一朵新的花，她就高兴得说不出话来，她要怜爱它、抚摸它，与它说话，在它身上堆上一串亲昵的名字。而且，她看到颜色就像着了魔——褐色的岩石，黄色的沙子，灰色的苔藓，绿色的树叶，蓝色的天空；珍珠色的黎明，群山上的紫色暗影，日落时分在猩红色海面上漂浮的金色岛屿，在层层云朵的缝隙中滑过的苍白的月亮，在浩淼太荒中闪烁着的珠宝一般的星星——在我看来，这些都没有什么实用价值，但它们颜色鲜艳、气象壮丽，这对她就足够了，足以让她发疯。如果她能安静下来，连续几分钟不动，那可真是个静谧的奇观了。真是那样的话，我想我也许能够很高兴地好好看着她；不是也许，是肯定能够，因为我逐渐意识到，她是个非常好看的动物——轻盈、修长、苗条、圆润、匀称、灵巧、优雅；有一次，她站在一块石头上，像大理石一样白，沐浴在阳光下，那年轻的脑袋向后仰着，一只手遮在眼睛上方，看着一只鸟儿从空中飞过，当时我心想，她可真美啊。

礼拜一中午

不知道这个星球上有没有她不感兴趣的事情，就算有，我也说不上来。我对有些动物毫不在乎，她可不是这样。她不加甄别，所有的都喜欢，觉得它们全都是宝贝，每一个新动物都该欢迎。

那头庞大的雷龙大步迈进我们的住处时，她认为获得了一个新宝贝。我把它当作一场灾难——我们对待事物的态度往往相左，这就是个好例子。她想驯化它，我想把整个房舍都赠送给它，我们搬出去。她相信只要对它友好，就能驯化它，它会是个好宠物；我说，二十一英尺高、八十四英尺长的宠物，在房子周围转悠，不是什么好事情，就算它没有任何恶意，不想带来任何伤害，也有可能碰到房子，把它压得粉碎，看看这头雷龙的眼睛就知道，它可不是什么小心谨慎的动物。

可是，她还是一心要拥有这头怪物，心里放不下它。她认为我们可以用它来建个奶场，还要我去帮助它挤奶。但我不愿意，那太危险了。它的性别不对，何况我们也没有梯子。

然后,她又想骑在雷龙背上,到处看风景。雷龙的尾巴大概有三十或四十英尺拖在地上,像一棵倒下来的树,她以为能顺着尾巴爬上去,可她想错了。一爬到陡的地方,就太滑了,她就会掉下来,要不是我的话,她还会受伤。

她现在满意了没有呢?没有。什么也不能让她满意,除非演示出来;未经证实的理论,不是她的兴趣所在,所以她不愿意听。这精神是对的,我必须承认;我也感兴趣;我能感觉到这种精神的影响;如果我和她在一起的时间更多,我想我自己也会这样做。对啦,关于这个庞然大物,她有过自己的一个理论:她觉得如果我们能驯服他,让他友好和善,我们就能把他立在河里,当一座桥来用。结果发现,他其实已经非常驯服了——至少在她看来是这样——于是她去实验这一理论,结果失败了。她好不容易让他在河里站好,自己回到岸上打算从他身上过河,但每次他都会走上来,在她后面跟着,像养了一座山当宠物一样。和其他动物是一样的。动物们都这样做。

夏娃日记(续)

礼拜五

　　礼拜二、礼拜三、礼拜四和今天——都没有见到他。孤身一人,这么多天可真长啊;可是,一个人过还是比不受欢迎更好。

　　我一定要有伴儿——我想,这是天生的吧——所以我和动物们交朋友。它们就是令人喜欢,而且它们性情最温和、举止最礼貌。它们脸上从不会有生气的样子,它们从不会让你觉得你是闯入了它们的地盘,它们冲你微笑,冲你摇尾巴,如果有尾巴的话,而且它们随时愿意跟你一起随便走走,或者长途跋涉,或者去做你提议的任何事情。我认为它们是完美的绅士。这些日子里,我们一起过得多么开心呀,我从来都不会觉得孤单。孤单! 不,我的回答是不孤单。哎呀,周围永远都有一大帮跟着——有时绵延四五英亩呢——数都数不清。如果你站在中间的一块石头上,眺望着那绵延无尽的、毛茸茸的动物群，就会发现一片一片的亮丽色彩，在阳光的照耀下光泽明艳，鲜活生动，而且斑纹像涟漪一样起伏着，让你觉得眼前是一面湖，虽然你心里明白那不是湖水；还有欢快的鸟儿，成群地来去，像风暴一般，大片的翅翼扇动着，有如飓风；一旦阳光照在那一大团混乱的羽翼之上，你能想到的所有颜色刹那间喧腾而起，刺得你眼睛都看不见了。

我们多次长途跋涉，这个世界我已经见到了不少——几乎整个世界都见过了吧，我想——所以我是第一位旅行者，也是唯一的一位。我们行进时，那可真是壮观啊——这景象独一无二，其他地方都看不到。为了舒适起见，我骑着老虎或豹子，因为它们很软，背是弧形的，适合我，也因为它们都是很漂亮的动物；不过，如果要走长路，或者要看风景，我就会骑大象。他用鼻子把我举起来，让我骑上去，不过我自己能下来——准备宿营的时候，他就坐下，我从他后面滑下来。

鸟和动物互相之间都很友好，什么事情都不会有争执。他们都说话，而且都跟我说话，不过那肯定是另外一种语言，因为他们说的话，我一个词儿也不明白；可是，如果我回答，他们往往都能听懂，尤其是狗和大象。这让我觉得羞愧。这说明他们比我更聪明，因此应该高我一等。我有些恼怒，因为我自己想当头号试验品——我不仅是想，也计划这么做。

我已经学会了一些事情，现在算是受了教育了，但一开始不是。那时候我是无知的。一开始，虽然我一直观察，但是水往山上流的时候，我都没能看到，因为我不够聪明，这曾让我感到气恼；不过现在我不在意了。我实验了很多次，现在我终于知道，水从来不会往山上流，除非是在黑暗中。我知道水在黑暗中往上流，因为池里的水永远不会干，如果水晚上不流回去的话，池里当然会干。事情最好用实际的实验来证明，这样你才算**知道**了；相反，如果你依靠猜想、假定、推测，你就永远不会获得教育。

　　有些事情，你就是**不可能**发现；但是，单凭猜想、假定，你绝不会明白自己不可能发现。不，你必须有耐心，继续实验，直到最后你发现自己不可能发现。而且这样做也是件令人高兴的事情——这让世界变得那么有趣。真要是没有什么东西可以发现，那就枯燥无味了。就算是努力去发现结果却没有发现，也和努力去发现结果真的发现了一样有趣，我觉得还更加有趣呢。水的秘密一直是我珍爱的宝贝儿，但我**明白**之后，就不是了，那种兴奋感全没了，我觉得有点儿失落。

　　通过实验，我知道了木头会漂浮，还有干树叶、羽毛，还有很多别的东西；因此，根据这些累积证据，你就知道了，石头也能漂浮。不过，你只能满足于知道，因为并没有办法证明——目前还没有。但我以后会找到办法的——到那时

通过观察,我知道星星不能持久存在

回头看，花园对我就是一场梦

候,那种**兴奋**就会消失。这类事情让我难过;因为我会慢慢发现所有的事情,那就再也不会有兴奋了,而我是多么喜爱兴奋感啊! 有一天晚上,我因为想着这事而没睡着。

一开始我不明白,我造出来是干什么的,现在我想是为了搜寻出这个美妙世界的秘密、开开心心并且感谢造物主设计了这一切。我觉得还有很多事情要学习——我希望如此;我想,只要节省着点儿,不要太急太快,这些尚未发现的事情还能维持很多个礼拜吧。我希望如此。你向上抛出一根羽毛,它就会在空中飘走,看不见了;可是,你向上抛出一块泥土,它不会飘走。每次都会落下来。我尝试过很多次,总是这样。我想,这是为什么呢? 毫无疑问,它当然不是真的落下来了,但为什么看起来像是落下来了呢? 我想,这是视觉上的幻觉。我是说,两种现象中有一种是幻觉。我不知道究竟是哪一种。也许是羽毛;也许是泥土;我无法证明究竟是哪个。我只能演示其中有一个是虚假的,只好让大家自己选了。

通过观察,我知道星星不能持久存在。我见过一些最好的星星融化了,从天空中落下来。既然一颗会融化,那么所有的都可能会融化;既然都可能融化,就可能都在同一天晚上融化。那悲伤的时刻必会来临——我知道。我打算每天晚上都坐在那儿看着星星,直到睡着为止;我要把那闪闪发亮的星空印在记忆中,这样的话,等它们慢慢都消失了,我就能通过想象,将那些可爱的群星放回到黑色的天空,让它们再次闪烁,通过我模糊的泪眼,还能把它们的数量翻一番呢。

堕落之后

回头看,花园对我就是一场梦。花园很美丽,美得无与伦比,美得令人痴迷;现在,花园没了,我以后再也见不到了。

失去了花园,但我找到了他,我很满足。他尽心地爱我;我用我充满激情的本性之中的一切力量去爱他,我觉得,这是适合我的青春以及我的性别的。如果我问自己,为什么爱他,我发现我并不知道原因,也不怎么想去找原因,因此我想,这种爱应该不是推理和统计的结果,就像对其他爬行生物和动物的爱一样。我想情况一定是这样的。我爱有些鸟,是因为它们会唱歌;但我爱亚当,并不是因为他会唱歌。不,不是这个原因——他唱得越多,我就越不能欣赏。可我还是要他唱,因为我希望去学着喜欢他感兴趣的一切。我肯定我可以学,因为一开始我无法忍受,现在我能忍受了。他一唱歌,牛奶都发酸,但这没关系;那种牛奶我能够适应。

我爱他,不是因为他的智力——不,不是这个原因。他目前的智力,并不是他的错,因为那不是他自己造的;上帝造他是什么样子,就是什么样子,这样就够了。这当中有个充满智慧的大目标,这我知道。随着时间的推移,智力会发展,虽然我觉得不会一夜之间突然发生;而且呢,不用急——他现在这个样子,就很好。

我爱他,我想就是因为他是我的而且他是男性

我爱他,不是因为他友善、关切的样子和他的体贴。不是的,他在这方面有些欠缺,但他就这样也很好,而且他在进步。

我爱他,不是因为他勤奋——不,不是这个原因。我知道他有勤奋的品质,我不明白他为什么要隐藏起来不给我看。这是我唯一的痛苦。除此之外,他现在什么都对我开诚布公。我相信他什么都不瞒我,除了这一点。他竟然有秘密不告诉我,这让我伤心,有时候我想着这件事,会睡不着觉,但我会把这个念头从脑海中赶走。这不会干扰我的幸福,总体上我的幸福满得都要溢出来了。

我爱他,不是因为他的教育——不,不是这个原因。他是自学的,的确也知道很多事情,但事情实际上不是那样的。

我爱他,不是因为他的勇敢——不,不是这个原因。他告发了我,但我不怪他。我想,这是他这个性别的特点吧,而他这个性别可不是他造出来的。当然,换作我,是不会告发他的,那我还不如先死了;但这也是性别的特点吧,我也不认为是我的功劳,因为我的性别也不是我造的。

那么,我爱他,是为了什么呢?我想,只是因为他是男性吧。

根本上讲,他很善良,我爱他的善良,但没有这一点,我也会爱他。就算他打我、虐待我,我也会继续爱他。我知道,这是性别的事情,我这么想。

他强壮、英俊,我爱他这一点,我欣赏他,为他感到骄傲,

我祈祷,我渴望,求我们两人一起结束此生

但没有这些品质,我也会爱他。如果他长相平凡,我会爱他;如果他身体病弱,我也会爱他;那我就替他干活,伺候他,为他祈祷,在他床边守着,直到我死。

是的,我爱他,我想就是因为他是**我的**而且他是**男性**。我觉得没有别的原因了。所以,我觉得就是我一开始说的那样:这种爱不是推理和统计的结果。爱来了就来了——谁也不知道来自何处——无法解释。也无需解释。

这就是我的想法。不过,我只是个女孩,又是第一个思考这个问题的女孩,有可能我因为无知和缺乏经验,想的都不对。

四十年后

我祈祷,我渴望,求我们两人一起结束此生——这渴望永远不会从大地上消失,在每一个深爱丈夫的妻子心中,它将永存,直到时间终结;它将以我的名字命名。

可是,如果其中一个必须先走,我祈祷先走的是我;因为他强壮,我虚弱,我更加依赖他——生命中没有他,就不是生命。那我怎么能够忍受呢?这祈祷也是不朽的,只要我的种族延续,这祈祷就不会停止。我是人类的第一位妻子,而人类最后一位妻子,亦必如此。

在夏娃墓旁

亚当:伊人所在,无论何处,**即为**伊甸园。

伊人所在,无论何处,即为伊甸园

亚当独白

1

（亚当的灵魂来到纽约市，仔细察看自然历史博物馆中的恐龙。）

奇怪……真是奇怪。**我不记得这种动物了。**（赞叹、**凝视了很久**）哇，真是奇妙！单单骨架就长五十七英尺、高十六英尺！看来，他们迄今为止只发现了这唯一的样本——毫无疑问，只能算中等大小。一个人出门走走，来到这公园，未必就有好运，遇上美洲最大的马；不会的，他可能会遇上一头，不过与最大的诺曼底龙相比，就显得小了。最大的恐龙很可能有九十英尺长，二十英尺高。那它的长度将是大象的五倍；在它面前，大象就成了小牛。这动物的身躯啊！它的重量！长度与最长的鲸鱼相仿，分量却是其两倍。而且全都是上好的肉，很可能吧；够一个村的人吃上一年……想想一百个这样的家伙排成队，披上亮闪闪的金色的布——那可真是一支气势恢宏的加冕游行队伍啊！不过很昂贵，因为它很能吃；只有国王和百万富翁才养得起。

我不记得它了；我和夏娃也都是昨天才听说的。我们跟诺亚谈起它；他脸红了，换了个话题。我们又把话题换回来，逼他说，他只好坦白：当初在诺亚方舟上装动物时，并没有严格执行规定——这是指不重要的细节、无足轻重的事情。有一些违规的地方。他说这件事要怪男孩子们——主要是因为男孩子们，他自己作为父亲的纵容也是部分原因。那时候他们年少轻狂，正处在生命的美好春天；几百岁的年纪在他们身上完全不算回事儿，而且——是啊，他自己也曾经是个男孩，不忍心对他们太苛刻。所以呢——好吧，他们做了不该做的事情，他呢——直接说吧，他睁一只眼闭一只眼。不过，总体上说，他们还是按照要求干了活，毕竟他们年纪还小。他们找到了不少非常有用的动物，装上了船；而且，趁诺亚不注意的时候，他们装了不少没用的动物，比如苍蝇、蚊子、蛇等等；他们的确把很多动物留在陆地上，随着时间的推移，那些动物说不定某个时候就能发挥作用。那主要是长达一百英尺的巨型蜥蜴，以及大得可怕的哺乳动物，比如大地懒等。把它们丢下来并非没有借口，有两个理由：1）很显然，博物馆迟早会需要它们当化石；2）有个计算错误——方舟建造得太小了，没地方装那些动物。单就化石材料本身来说，就足以装满二十五艘类似的方舟。至于恐龙……可是，诺亚很容易觉得心安理得，恐龙并不在他的货运单上，他和男孩子们根本没意识到有这种动物存在。他说，他不责怪自己不了解恐龙，因为那是美洲的动物，美洲那时候还没有发现呢。

诺亚继续说道，"我的确批评了孩子们没有充分利用现有的空间,没用的动物没有扔下去,乳齿象等四脚兽类也换掉了,本来这些动物说不定对人有用,可以像大象一样干些重活,但他们说,那些大动物要吃要喝,会增加我们的工作量,我们人手不够,没那么多力气。这话并非没有道理。我们没有水泵,总共只有一扇窗户,必须从窗口把桶放下去打水,再拉上来,足足有五十英尺呢,是非常累人的活儿;然后还要把水提到楼下——又是五十英尺,提到装大象等动物的大箱子里去,因为我们把那些动物关在箱子里,当作压舱石。事实是,我们损失了很多动物——精选的上等动物,本来可以作为宝贝放到动物园里——不同品种的狮子、老虎、鬣狗、狼等等;海水和淡水混在一起之后,它们就不喝了。但是,我们没有损失任何蝗虫、蚱蜢、象鼻虫、老鼠、霍乱菌,这一类的东西,一只也没有损失。总体上讲,考虑到各方面的因素,我认为我们做得不错。我们是放羊的、种田的,以前从来没有出过海,对海上的事情一无所知;农业和航海的不同之处,比想象之中更多,这一点我敢肯定。我的观点是,这两个行业互不相容。闪也是这么认为的;雅弗也同意。至于含怎么想,那并不重要。含有偏见。哪个长老会信徒没有偏见呢?如果你认为找得到的话,那你找一个来给我看看!"

他这话说得咄咄逼人;话里蕴含着挑衅的意味。我换了个话题,避免争执。对诺亚来说,争执是一种强烈冲动、一种疾病,而且在他身上越来越严重——三千年来,也许更久吧,一直在加重。因此人们不喜欢他、讨厌他;他那些时间最久的老朋友,很多都害怕见他。连陌生人不久也都想避开他,虽然一开始因为他那著名的冒险经历,人们很高兴遇到他、凝神看着他。一段时间内,他们因为受到他的关注而感到荣幸,因为他声名显赫,但他会把他们辩得体无完肤,不久他们便和其他人一样,开始希望当初的诺亚方舟真要是出过什么问题才好呢。

2

(公园的长凳上,半下午,神思恍惚地记录着人类的发展变迁)

想想吧——这来来往往的**人群**,不过是地球人口极小的一部分!而且所有人都是我的血亲,无一例外!夏娃真该跟我一起来;这肯定会让她心中充满柔情。只要碰到亲戚,她总是无法保持平静;她会想办法去亲吻这每一个人,无论是黑的、白的还是其他的。(一辆婴儿车经过。)看得出来的变化真少啊——实际上,根本没变化。我清楚地记得第一个孩子。让我想想……到礼拜二就有三十万年了吧。这个孩子和第一个一模一样。第一个孩子和最后一个孩子,其实也没什么区别。头发都很少,都没有牙齿,身体都很弱小,大脑里显然也都没什么内容,总体上看都没什么吸引人的地方。

但是,夏娃崇拜第一个孩子,看着她和孩子在一起,感觉很好。这个刚出生的孩子,它母亲也崇拜它;从她眼睛里能看出来——同样的神情曾经在夏娃的眼睛里闪动。想想吧,一个**眼神**这么细微玄妙的东西,瞬息闪现,竟然能够从一张面孔传递到另一张面孔,如此代代相传,经历三十万年而保持原样,一丁点儿变化都没有!现在它就在我眼前,照亮了这位年轻母亲的面孔,就像它很久以前照亮夏娃的面孔一样——这是我在地球上见到的最新的东西,又是最古老的。当然了,还有恐龙……但那要另外讲述了。

她把婴儿车拉到长凳旁,坐了下来,一只手轻轻地前后推动着婴儿车,另一只手举起一张报纸,投入地阅读着报纸上的内容。突然,她喊了一声"哎呀",我吃了一惊,便壮起胆子,谦虚而敬重地问她,这是怎么回事。她礼貌地将报纸递给我,用手指着,说道:"那儿——读起来可像是真的呢,但我可不太相信。"

这可真尴尬。我试图表现得镇定一些,轻松自若地把报纸翻过来翻过去,但她的眼睛一直盯着我,我感觉自己假装得并不成功。不一会儿,她有些犹豫地问我:"难道……难道……你……不识字?"

我只好承认,我真的不识字。这让她非常惊讶。不过,这也有一个好的结果——让她对我发生了兴趣,我很感激,因为我开始有些孤单了,想找个人说说话、聊聊天。有个年

轻小伙子带着我到处看看——他主动提出来的,我并没有请他这么做——但他并没有如约来到博物馆,我感到很失望,因为他是个好伴儿。我告诉这位年轻妇女我不识字,她又问了我一个令人尴尬的问题:

"你是哪儿人啊?"

我没有正面回答,只在外围开战——以赢取时间,抢占有利地形。我说,"猜一猜。看看会差多远。"

她高兴起来,叫道:"如果你不介意的话,先生,我可愿意猜啦。如果我猜对了,你能告诉我吗?"

"好的。"

"开口讲,当当响?"

"开口讲,当当响? 这是什么意思?"

她高兴地笑起来,说道,"这个头开得好! 我就肯定这句话你是弄不明白的。现在我知道了一件事情了,没错。我知道——"

"你知道了什么?"

"你不是美国人。你不是的,对吧?"

"不是。你说得对。我不是的——用你的话来说,开口讲,当当响。"

她似乎对自己极为满意,说道,"我觉得我自己不能算总是很聪明,可是,不管怎么说,这算聪明了吧。话又说回来,也不算特别聪明,因为我之前已经知道——我相信自己已经知道——你是个外国人，因为还有另外一个迹象。"

"是什么呢？"

"你的口音。"

她观察准确。我说英语，的确带着天堂的口音，她从中察觉出了外国人的特点。她由衷地为自己取得的胜利感到高兴，又兴冲冲地继续说了下去，那模样天真可爱、令人着迷："你一开口说'看看会差多远'，我心里就想，'他是个外国人，五成把握；他是英国人，一成把握。'你的确是英国人，是不是啊？"

很遗憾我要在她得意的时候泼点儿冷水，但我必须说出来："啊——那你只好再猜一猜了。"

"什么——你不是英国人？"

"不是——开口讲，当当响。"

她上上下下打量着我，显然在寻思着——要把我的情况搞清楚，然后她说："好吧，你看起来不像英国人，这是真的。"她稍微停顿了一下，补充道，"实际上，你看起来不像任何外国人——和我以前见过的任何人都……都不太像。我还要继续猜。"

她猜遍了她能想起名字的所有国家，开始有点儿泄气了。最后，她说道，"你肯定是那个无国之人——故事里面讲的那个人。你好像不属于任何国家。你怎么到美国来了呢？这儿有亲戚吗？"

"是的——有几个。"

"哦,那你是来看**他们**的。"

"部分原因吧——是的。"

她坐在那儿想了一会儿,然后说:"好吧,我现在还不打算放弃呢。在家的时候,你住在什么地方呢——城市,还是乡村?"

"你认为是哪个呢?"

"噢,我不太清楚。你看起来**的确**有点乡村味儿,如果你不介意我这么说的话,但你看起来也有些像城里人——不是很像,但有一点儿,虽然你不识字,这一点非常奇怪,而且你也不太熟悉报纸。**我**猜呀,你在家的时候大多时间住在乡下,住在城里的时候不多。对吗?"

"是的,很对。"

"哦,好! 现在,我要重新开始了。"

接下来,她开始一个接一个说出城市的名字,把自己累得气都喘不上来。不成功。然后,她要我帮她一点儿忙,给些"线索",她用的是这个词。我的城市大不大? 大。很大吗? 很大。有汽车吗? 没有。电灯呢? 没有。铁路、医院、大学、警察呢? 没有。

"哎呀,这么说,还没有开化呢! 那个地方能在哪儿呢? 行行好,告诉我一个特点吧,就一个——说不定我就能猜到啦。"

"哦,好吧,就一个;那儿的大门是珍珠做的。"

"哎呀,去你的吧!你说的那是新耶路撒冷。这时候开玩笑可不好。算了吧。我还要接着猜——答案很快就会出现在我大脑里,就在最意想不到的时候。对啦,我有个办法!请用你自己的语言说几句话——那会是一条很好的线索。"我答应了,说了一两句。她沮丧地摇了摇头。

"不,"她说,"这听起来不像人的语言。我是说,听起来和其他外国人的话都不像。好听是好听——我觉得非常好听——但我肯定以前从没听过。或许你可以说一遍自己的名字。你叫什么名字呢,能好心告诉我吗?"

"亚当。"

"亚当?"

"对。"

"可是,是亚当什么呀?"

"没了——就是亚当。"

"就亚当,别的没了?呀,真是奇怪啊!叫亚当的可多着呢;他们怎么区分你和其他叫亚当的呢?"

"哦,那倒不麻烦。在那儿,在我住的地方,叫亚当的就我一个。"

"真的啊!哎呀,这可真是了不得!让人想起那古老的第一人。他也叫这个名字吧,就是这个名字,没有别的了——就和你一样。"然后,她又顽皮地问:"我想,你该知道他吧?"

"哦,知道! 你认识他吗? 有没有见过他?"

"见过他? 见过**亚当**? 谢天谢地,我没有见过! 否则会把我吓死的。"

"为什么会吓死呢? 我不明白。"

"你不明白?"

"不明白。"

"你**为什么**会不明白呢?"

"因为人没有理由害怕他的亲属啊。"

"**亲属**?"

"是啊。他难道不是你的远亲吗?"

她觉得这话极其好笑。她说,这当然千真万确,但**她**是绝不会想到这一点的,因为她没那么聪明。我发现,自己的智力受人崇拜,给了我一种非常愉悦的新感受;我正准备再表现表现,但那个年轻人来了。他坐到这位年轻女人的另一侧,说了句关于天气的无聊的话,但她盯了他一眼,打消了他的劲头,然后她直直地站起身子,推着婴儿车走了。

夏娃自传节选

爱、和平、舒适、无尽的满足——那就是园中的生活。活着是件高兴的事情。痛苦是没有的，也不会身体虚弱，没有身体上的迹象表明时间的流逝；疾病、焦虑、悲伤——人在围墙之外也许能感受到，但在伊甸园里面没有。那儿没有它们的存在，那儿它们永远不会到来。每个日子都是一样的，加起来是一场快乐的梦。

有趣的事情很多，因为我们是孩子，都无知——无知得今天无法想象。我们什么都不知道——真的是一无所知。所有的事情，我们都是从零开始的——从头开始；我们必须学习最基础的东西。今天四岁孩子知道的事情，我们三十岁还不知道。我们虽然是孩子，却没有护士、没有老师。没有人告诉我们任何东西。也没有词典，我们无法知道词语用得对还是不对；我们喜欢大词，现在我知道了，那时候我们经常用大词，因为它们庄重悦耳，其实我们并不知道那些词的真正意思；至于我们的拼写，那可真是丢人现眼。但是，这些小事情，我们一点儿也不在乎；只要慢慢获得足以夸耀的庞大词汇量，我们并不在乎用什么方法和手段。

但是，我们兴致勃勃地去揣摩、学习，探寻我们遇到的所有事物的动因、本质和目的，这种研究让我们的生活兴致盎然、充满乐趣。从体格和性情上看，亚当是位科学家；可以说，我自己也是，我们俩都喜爱用这个伟大的名字称呼自己。我们都想在科学发现上超过对方，这进一步刺激了我们之间的友好竞争，并且有效地保护了我们，让我们不至于碌碌无为、毫无建树，沉湎于找乐子。

水及类似液体流向山下，而不是山上——这一法则，是我们首个重大科学发现。是亚当发现的。他日复一日地进行着秘密实验，一个字儿也不跟我说；因为他要等到完全确证之后才说出来。我知道，有件极其重要的事情，让他那优异的大脑难以安宁，因为他休息不好，睡觉的时候经常翻来覆去。不过，最后他终于确信无疑，便告诉了我。我无法相信，看起来太奇怪、太不可思议了。我的诧异，正是对他成功的肯定，是给他的奖赏。他领着我经过一条条小溪——有几十条——每次都说，"那儿——你看，它朝山下流——每条小溪都流向山下，从不会朝山上流。我的理论是正确的；得到了证明；可以确立了，什么也推翻不了。"看着他为这伟大的发现喜不自胜，我由衷地感到高兴。

今天，看到水向下流，而不向上流，连孩子都不会感到惊讶，但那时候，这可是一件难以置信的事情，令人惊诧的程度，不亚于我经历的任何其他事实。你看，从我被造出来那天起，这么个简单的事情就一直在我眼皮底下，可我此前却从没注意过。我花了一段时间，才接受并适应了这一事实，有很长一段时间，我一看到小溪，就会自觉或不自觉地观测一下水面的倾斜度，心里有点儿希望亚当的法则出现例外。但最后我终于信服了，此后一直坚信不疑；那天以后，要是看见一道瀑布竟然向上朝错误的方向流去,我一定会大吃一惊,感到疑惑不解。知识必须通过努力才能获取;没有知识会不费力气径直落到我们头上。

这条法则,是亚当对科学的第一个重大贡献;两个多世纪之中,该法则一直以他的名字命名,称为"亚当流体沉降法则"。任何人只要提到这一法则,随口夸上几句让他听到,那就算找到他的软肋啦。他颇为得意——这一点我也不打算隐瞒——但并没有忘乎所以。没什么事情会让他忘乎所以,他真是善良可亲、心地正直。他总是轻描淡写地做个不以为然的手势,说那不是什么了不起的事,换作别的科学家,慢慢也会发现。尽管如此,如果哪个来访的陌生人有机会对他说话,却不注意策略,竟然忘了提及这件事,那么,稍加留意就能发现,这个陌生人不会受到再来做客的邀请。几个世纪之后,该法则的发现陷入争议,各科学机构为此吵吵嚷嚷,长达一个世纪之久。最后,首次发现之名,给了时间上比较近的某个人。这是个无情的打击。从这以后,亚当就变了个人。伤痛在他心里藏了六百年,我一直认为,这缩短了他的寿命。当然,在有生之年里,他的地位超越诸王、无人能及,他毕竟是人类的"第一人",享受了与之相应的尊荣,但首次科学发现的荣誉被剥夺的哀痛,这一切都无法弥补,因为他是位真正的科学家,也是第一位科学家;他不止一次向我吐露:如果能保留"流体沉降法则"发现者的荣耀,他宁愿把地位降到与自己的儿子一样，去做那"第二人"。我尽力去安慰他。我说，他作为"第一人"的声名是安然无虞的，我说会有那么一天，谎称发现了水向山下流这一法则的那个人，他的名字会淡出、消失，在地球上被人遗忘。这一点我现在仍坚信不疑。我从来没有怀疑过。那一天一定会到来。

下一个科学上的重大胜利，是我自己获得的，即牛奶如何进入了牛的身体。这个秘密，让我们俩人着迷了很久。多年来，我们跟在牛后面——当然是在白天，但从没见过牛喝下类似颜色的液体。于是，我们最后认为，牛毫无疑问是在夜间获取牛奶的。接下来我们就轮流在晚上观察。可结果是一样的——谜仍然没有解开。这些操作方法在初学者中是很常见的，不过现在大家能看出来，这些方法是不科学的。后来，随着经验的增长，我们学会了更好的方法。一天晚上，我躺在那儿，一边看着星星一边沉思，一个伟大的念头从我脑海中闪过，我立即明白了该怎么做！当时我就想喊醒亚当，跟他说，但我克制了冲动，守住了这个秘密。当天晚上，我后来一下也没合眼。天上亮起第一缕灰暗的晨曦，我马上飞快地溜了出去，我在树林深处挑选了一小块有草的地方，用篱笆围起来，形成一个牢固的牲口栏；然后，我把一头母牛关了进去。我把牛的奶挤干，然后让它就待在里面，不能出来。没别的东西可以喝——它必须使用它的秘密方法获得牛奶，否则就只好渴着。

整整一天我都焦躁不安,脑子里没法想别的事,说话都不连贯,但是亚当正忙着发明一份乘法表,所以没有注意到。太阳快下山的时候,他已经算到了6乘以9等于27,这一成绩让他高兴得忘乎所以,对我的存在、对所有事情都全然不觉,我就趁机溜去看我的母牛。我又兴奋又害怕失败,手抖得厉害,好一会儿都抓不住牛的奶头。后来我成功了,牛奶出来啦!两加仑。两加仑啊,什么材料也不需要。我立即就知道了答案:**牛奶不是通过嘴巴获取的,而是通过母牛的毛从大气中凝结而来的**。我跑去告诉亚当,他和我一样高兴,简直无法表达为我而骄傲。

他当时就说,"知道吧,你所做的,可不是一份影响深远的重大科学贡献,而是两份。"

这是真的。通过一系列的实验,我们很久以前就得出了结论:大气中含有水,悬浮在空中,看不见;还有,水的构成成分包括氢气和氧气,比例是前者两份、后者一份,可用符号表达为H_2O。我的发现又揭示了新的事实,即水中还有另一种成分——牛奶。我们将表达符号扩展为H_2O, M。

插入"夏娃日记"节选

又一个发现。一天，我注意到威廉·麦金利气色不好。他是最初的那第一头狮子，从一开始就一直是我的宠物。我检查了一下，看看是哪儿出了问题，结果发现，有一棵卷心菜他没有好好嚼，卡在喉咙里了。我拽不出来，于是便拿来一根扫帚，把卷心菜给捅了进去。他感觉舒服了。在此过程中，我曾让他张开嘴巴，好让我朝里面看，我发现他的牙齿有些特别。这时候，我对他的牙齿又进行了仔细、科学的检查，结果令人着迷却又出人意料：这头狮子不是食草动物，他是肉食性的，是个吃肉的家伙！至少可以说，本来是该吃肉的。

我跑到亚当跟前，跟他说了。他当然只会嗤之以鼻，他问："那他上哪儿去找肉呢？"

我只好承认，我不知道。

"那么，很好，你自己也明白，这个想法是荒诞不经的。肉不是拿来吃的，否则就该有地方会提供肉。既然没有任何地方提供肉,那么据此推理,万物之中就必然还没有食肉动物侵入。我这是逻辑推理吗?难道不是吗?"

"是的。"

"推理中有没有薄弱环节?"

"没有。"

"那么,很好,你还有什么可说呢?"

"我想说,还有比逻辑更好的东西。"

"真的吗?是什么呢?"

"事实。"

我喊来一头狮子,让他张开嘴巴。

"你看这左侧上颚,"我说。"这个长长的前齿难道不是用来撕咬的犬齿吗?"

他大吃一惊,说了句让人难以忘记的话,"以圣国之名誓之,真的是啊!"

"这颗牙的后面,这四颗,又是什么呢?"

"是前臼齿,除非是我昏了头!"

"后面这两颗是什么?"

"是臼齿,如果我根据过去经验能够认出来的话。我没什么可说的了。数据不会撒谎;这头野兽不是食草的。"

他总是这样——绝不小气、绝不嫉妒,总是公正、大度。只要你把一件事情证明给他看,他当时就会屈服,而且有着高贵的雅量。我心里问,这美妙的男生,这漂亮的生灵,这大度的灵魂,我配得上吗?

那是一个礼拜之前。后来我们检查了一个个动物,发现这地方有很多食肉动物,此前都没有想到。现在,看着一头孟加拉虎大口地吃着草莓和洋葱,多少让人觉得非常难过;这似乎太不符合他们的性格了,尽管此前我从来没有这种感觉。

后来。今天,在一片树林里,我听到了一个"声音"。

我们四处搜寻,但没有找到。亚当说,他以前听过这"声音",离得相当近,但从没见过。所以他相信那和空气一样,是看不见的。关于这"声音",他知道什么,我让他都告诉我,可他知道的很少。那是伊甸园的主,他说,让他照料、看管伊甸园,还说我们不可以吃某一棵树上的果实,如果我们吃了,就必定会死。我们会没命的,这一点毋庸置疑。他就知道这么多。我想看看那棵树,于是我们惬意地走了挺长一段路,来到一个僻静而宜人的地方,那棵树孤零零地立着,我们坐下来,饶有兴趣地盯着树看了很久,一边说话。亚当说,这是善恶知识之树。

"善恶?"

"是的。"

"那是什么呢?"

"什么是什么?"

"哎呀,你说的那些东西啊。什么是善?"

"我不知道。我怎么会知道呢?"

"那,好吧,什么是恶呢?"

"我猜是什么东西的名字吧,但我不知道是什么。"

"可是,亚当,那究竟是什么,你总该**知道**一点儿吧?"

"**为什么**我该知道一点儿? 我从没见过这东西。又怎么能形成对它的看法呢? 你对它有什么概念呢?"

我当然什么概念也没有,我要求他必须有点儿概念,这是不理智的。我们俩都无法猜出那可能是什么。这两个都是新词;我们此前没有听说过,对我们也就没什么意义。我脑子里一直想着这件事,于是又说道,"亚当,还有另外那些新词——没命、死。**这些**又是什么意思呢?"

"我不知道。"

"那,好吧,你**想**是什么意思呢?"

"我的孩子,你难道不明白,我不可能就我完全无知的事物做出合理的**猜测**? 一个人如果没有可供**思想**的材料,那是没办法去想的。这话难道不对吗?"

"是对的——我知道;不过,这多令人心烦啊。正是因为我没法知道,我倒**更想要**知道了。"

我们安静地坐了一会儿,脑子里考虑着这个谜语。突然之间,我一下子明白了该怎么找到答案,我们一开始竟然都没想到,真让人惊讶,答案如此简单。我跳起来,说道:"我们真愚蠢啊！我们吃这果实吧；那我们就会死，然后就知道这是什么啦，那就再也不用为这事心烦了。"

亚当明白，这个想法是正确的，他立即站起身，正准备去摘苹果，这时一个最奇怪的东西从一旁跟跟跄跄走了过去，这个种类的东西我们以前没有见过，手头这件事情没有特别的科学意义，所以我们当然会丢下来，急忙去追有科学意义的东西。

我们翻山越岭，走了无数英里，追赶这只扑棱着翅膀的、跌跌撞撞的小精灵，最后我们来到那个有一棵直挺挺的大榕树的山谷，沿着山谷西面下去，终于抓住了他。多高兴的事情、多了不起的成就啊：这可是个翼手龙呢！噢，他可是个宝贝儿，真难看！脾气还那么大，喊叫的声音那么可恶。我们叫来几只老虎，骑着回去，把他也带着，现在他就在我身边，很迟了，可我不忍心上床，他真是个令人着迷的妖精，对科学可是个了不起的贡献。我知道我无法入睡，我会想着他，希望早晨快点到来，让我好好将他探索、查看一番，找出他降生之谜，弄清楚他哪些部分属于鸟类、哪些部分属于爬行动物，看看他是否属于在自然竞争中胜出的存活物种，从他的模样来看，我们认为这一点值得怀疑。呜呼，科学之所在，其他乐趣尽皆黯然失色也！

亚当醒了。让我别忘了把那四个新单词记下来。这说明他自己忘记了。但我没忘。为了他，我一直留意着。记下来了。编词典的人是他——**他**是这么想的——但我注意到,干活的人是我。不过这也没什么关系,他要我做的事,我都喜欢做,就词典来说,我干活时还能获得特别的快乐,因为这能让他不感到自卑,这可怜的孩子。他的拼写不科学。"cat"(猫)这个单词,他会把第一个字母写成"k",而"catastrophe"(灾难)的第一个字母却写成"c",虽然两个单词都来自同一个词根。

三天后。我们给他取了名字,简称为特里,哎呀,他可真是个宝贝儿!整整三天,我们俩的注意力全放在他身上。亚当甚至想,科学到现在才有了他,之前都是怎么开展的呢?我也这么觉得。那只猫见他陌生,就冒险去试探,结果后悔了。特里给托马斯来了一下,从头到尾抓了一条,毛掉了不少,托马斯退缩到一边,那样子像个人本来打算来个突然袭击,现在却只想着走开,好好想一想事情怎么会适得其反。特里可真是威风啊——与别的生物完全不同。亚当仔细查看过他,认为他肯定是自然竞争中胜出的存活物种。我认为托马斯有不同看法。

第三年。七月初,亚当注意到,池塘里有条鱼快长出腿了——是鲸科的一种鱼,但处在发育受阻的状态下,并不是真正的鲸鱼。它是只蝌蚪。我们带着浓厚的兴趣观察它,如果它的腿真能够发育完全、发挥作用的话，我们打算让其他鱼也长出腿来，那它们就能出来，四处走动，享有更多自由。这些可怜的家伙常常让我们感到难过，身上总是湿漉漉的，不舒服，别的生物能够在花丛里自由玩耍，过得开开心心，它们却总是被困在水里。不久，它的腿发育好了，毫无疑问，这时候鲸科的鱼便成了青蛙。它上了岸，跳来跳去，高兴地唱着歌，特别是在傍晚的时候，它的感激之情简直无法表达。其他的也紧随其后，不久我们便有了丰富的音乐，晚上常常有，与以前的寂静相比，这是很大的改善。

我们把不同种类的鱼抓上岸，放到草地上，但结果无一例外都让人失望——没有长出腿来。这很奇怪，我们无法理解。一个礼拜之内，它们陆陆续续全都回到了水里，而且在水里似乎比在岸上更加惬意。我们认为这是个证据，说明原则上鱼类不喜欢陆地，除了鲸科之外，鱼类对陆地都没有兴趣。沿着山谷往上走三百英里，有一个挺大的湖，湖里有一些大型的鲸鱼，亚当去了那儿，打算让它们充分发育，让它们更加快乐。

他走了一个礼拜后，小该隐出生了。这让我非常惊讶，之前我并没有觉得要发生什么事情。但是，用亚当一直挂在嘴边的话来说："凡有事，皆属意外。"

一开始我不知道该拿它怎么办。我以为这是个动物。但是，仔细一看，它可一点儿都不像，因为它没有牙齿，身上几乎没有毛发，是个极其柔弱的小东西。有一些人类的细部特征，但数量有限，还不足以让我将它纳入人类这个科学类别之下。因此，一开始它被归入"天生畸物"（lusus naturae）类——也就是怪胎——暂时也只能这样归类，等待后续生长。

然而，我很快对它产生了兴趣，而且我的兴趣与日俱增。不久这兴趣裹上了一层温情，变成了喜欢，然后变成了爱，变成了崇拜，我整个灵魂都献给了这个生灵，内心涌动着强烈的感激与幸福。生活成了天赐之福，喜乐无限；我渴望着，时时刻刻、分分秒秒，渴望着亚当归来，与我分享这难以独自承受的快乐。

第四、第五年。他终于来了，但他认为那不是孩子。他用心是好的，又可亲可爱，但他首先是位科学家，其次才是个人——这是他的本性——任何事未经科学证明之前，他都不接受。接下来十二个月，这位科学研究者进行各种实验，而我则担惊受怕、战战兢兢，简直难以描述。他让孩子去经受他能够想象到的各种麻烦与不便，以判断它是哪种鸟类、爬行动物或四足兽，究竟有什么作用，所以我必须跟着他，日日夜夜跟着，在疲惫与绝望中减轻这可怜的小东西的痛苦，帮助它尽可能去承受。他相信我是在树林里发现它的，我听凭他这么想，心里觉得高兴而感激，因为在这个念头的诱使下，他有时候会出门搜索，想再找一个，这给了我和孩子难得的休息和安宁。每次他暂停那些令人痛苦的实验、整理好他的诱捕设备和诱饵、动身前往树林，我就觉得松了口气，那种轻松感是别人难以体会的。他一走远，我立即把我的心肝宝贝抱在怀里，亲得它都喘不过气来，谢天谢地，我感激得都要哭出来。这可怜的小东西似乎也知道我们遇上了什么幸运的事情，又是蹬腿又是喊叫，咧开肉嘟嘟的嘴巴，露出了那童年的幸福微笑，那高兴劲儿似乎从它的嘴巴一路向下，直达它的大脑——或者那下面随便什么器官吧。

第十年。随后来的，是我们的小亚伯。该隐出生的时候，我想我们是一岁半或者两岁吧，添了亚伯的时候，我们大概是三岁或三岁半。到这时候，亚当已经开始明白了。他的实验渐渐不那么令人烦恼了；最后，格拉迪丝和埃德温娜出生后一年内——第五年和第六年——他的实验就全部停止了。他将孩子们进行了科学分类之后，便渐渐爱上了他们，从那以后一直到现在，伊甸园内百福具臻、完美无缺。

我们现在有九个孩子了——男孩一半，女孩一半。

该隐和亚伯开始学习了。该隐加法已经和我一样好，乘法和除法也能做一点儿。亚伯没他哥哥那么聪明，但他有毅力，这似乎也足以弥补智力上的不足。亚伯在三个小时内学的东西和该隐差不多，该隐总要从中拿出两个小时来玩。所以，亚伯在路上要花很长时间，可是就像亚当说的那样，他

"能按时到达，没什么区别"。亚当下了结论：毅力是一种天分；在他的字典中，他把毅力归入了这个类别。我敢肯定，拼写也是一种天分。该隐尽管聪明，却学不会拼写。这一点嘛，像他的父亲，我们所有人中就他最聪明，可他的拼写真是个灾难。我会拼写，亚伯也会。这几个事实证明不了什么，因为实例这么少，是不能推演出什么原则的，但这些事实至少表明，正确拼写的能力是一种天分，是与生俱来的，是智力低劣的标志。以此类推，缺乏这种天分，则是伟大智力的标志。有时候，亚当费尽力气拼写出了一个大词，比如"ratiocination"（推论），看着他站在那儿一边看着那不堪入目的结果，一边擦着汗水，我简直要崇拜他，他在智力上显得如此高大神圣、令人敬畏。"Phthysic"（肺痨）这个词，他有多种拼法，实际上可没那么多。

　　该隐和亚伯是两个可爱的小家伙，把小弟弟和小妹妹们照顾得很好。四个最大的到处乱跑，想上哪儿就上哪儿，有时候我们两三天都看不到他们。有一次他们把格拉迪丝给丢了，自己跑了回来。他们不记得是在什么地方、什么时候把她给丢了的。很远，他们说，但又不知道有多远；对他们来说，那是个新的地区。那儿盛产一种浆果，我们现在将结浆果的植物称为"死亡夜影"①——为什么这么称呼，我们不知

---

　　① 即颠茄。——译者

道。这没什么意义，但使用了我们很久以前听那"声音"说过的一个词，我们喜欢一有机会就使用新词，这样能让新词发挥作用。孩子们喜欢那种浆果，在外面一边逛一边吃，这样过了很长时间，等他们打算到其他地方去的时候，格拉迪丝已经走散了，喊她的名字也没人答应。

第二天，她没有回来。第三天没人，第四天还是没人。又过了三天，她还是没回来。这非常奇怪；类似的事情以前从没发生过。我们的好奇心被调动起来。亚当的观点是，如果她第二天不回来，或者最迟再等一天，然后我们就该派该隐和亚伯去找。

于是我们就这么做了。他们去了三天，总算把她找到了。她可冒了不少险。第一天晚上，她在黑暗中掉进了河里，被水冲了很长一段距离，她不知道有多远，最后被抛在一个沙洲上。之后她和一个袋鼠家庭生活在一起，受到了热情的招待，还有不少社交活动。袋鼠妈妈非常体贴、慈爱，她会把自己的孩子们从袋子里掏出来，到山头谷底寻找，带回满满一口袋最优质的水果和栗子，几乎每天晚上都有伴儿——熊、兔子、秃鹰、鸡、狐狸、鬣狗、臭鼬以及其他动物——大家嬉笑玩闹，过得很开心。动物们似乎总是同情这孩子，因为她没有皮毛，她睡着的时候，动物们总用树叶和苔藓把她盖好，以保护她娇嫩的皮肉，两个男孩子找到她的时候，她身上就是这么盖着的。头几天她想家，但后来就好了。

她用的就是这个词——想家。我们已经把这个词记入了字典，会尽快把它的意思确定下来。这个词由两个字构成，两个字都是我们现有的，单独使用时意思也很清晰，但结合起来，就不知道是什么意思了。编词典是极其有趣的工作，但很不容易；亚当是这么说的。

夏娃开口

1

他们——那些凶狠的智天使——用火焰之剑将我们赶出园去。可我们做了什么呢？我们没有恶意。出于无知，我们做了任何孩子都可能做的事情。不遵守命令是错误的，但我们不可能知道，因为那些词语对我们来说很奇怪，没法听懂。我们不知道对与错——我们怎么会知道呢？没有道德感，我们不可能知道，那是不可能的。如果事先赋予我们道德感——啊，那会更加公平，也更加善良；如果我们仍旧不服从命令，那就是我们的责任。可是，跟我们这两个无知、可怜的孩子说我们不明白的话，又因为我们没按照这些话行事而惩罚我们——啊，这有什么道理呢？那时候我们懂的，和现在我这个最小的孩子差不多吧，它才四岁——哦，我看，懂得可不多啊。难道我要对它说，"你若触碰这面包，我便将难以想象的灾难压在你头上，直至你身体之元素尽数消解为止？"它拿起面包，仰脸对着我笑，脑子里毫无恶意，因为它听不懂这些奇怪的词语，难道我要利用它的单纯，用它信任的母亲之手将它打倒？谁说自己了解母亲的心，那就让他来判断一个母亲的心里会不会做出这样的事情吧。亚当说，我的脑子已经被这些麻烦事搞坏了，说我变邪恶了。我就是我；我又不是我自己造出来的。

他们把我们赶出去了。把我们赶到这严酷的荒野，在我们身后关紧了大门。我们当初可毫无恶意。已经过去三个月了。那时候我们很无知；现在我们的学识很丰富了——啊，多么丰富啊！我们知道了饥饿、口渴和寒冷；知道了疼痛、疾病和悲伤；知道了恨、反抗和欺骗；也知道了悔恨，那就是同样审判着有罪者和无辜者的良知；我们知道了身体和精神的疲乏，知道了无法令人恢复精神的睡眠、无法让人休息的休息，那梦境重建了伊甸园，又在我们醒来时将我们再次流放；我们知道了痛苦；知道了考验和伤心；知道了羞耻和侮辱；我们知道了不得体、不检点，知道了心灵的不洁；我们知道了赤身裸体将上帝传递之形象暴露于光天化日之下所蕴含的嘲讽；我们知道了恐惧；知道了虚荣、愚蠢、妒忌和伪善；我们知道了不敬；知道了渎神；知道了对与错，以及如何行正确的事，避免犯错；我们知道了道德感带来的所有好处，我们已经拥有道德感了。真希望我们可以把它卖掉，换取一个小时的伊甸园时光、一个小时的洁白清纯；真希望我们可以用它来让那些动物堕落！

　　我们什么都有了——这一切宝贵的东西。什么都有，除了死亡。死亡……死亡。那可能是什么呢？

　　亚当来了。

　　"怎么样？"

　　"他还在睡。"

这是我们第二个孩子——我们的亚伯。

"他睡得够多了,对他不好,他的菜园还需要他照顾。叫醒他。"

"我试过,但叫不醒他。"

"那他就是太累了。让他接着睡吧。"

"我想,他睡了这么久,是因为他受了伤。"

我回答:"也许是吧。那我们就让他休息;毫无疑问,睡眠可以治愈伤口。"

2

到现在,他已经睡了一天一夜了。那天上午,我们在他田地里的祭台旁发现了他,脸和身体上全是血。他说,他的哥哥把他打倒了。然后他就不再说话,睡着了。我们把他放到床上,把血洗干净;让我们高兴的是,他受伤很轻,也没有痛苦,因为如果他感到痛苦的话,那他就不会睡着。

我们是在凌晨找到他的。那一天他都在睡,睡得甜美、安详,一直仰面躺着,不动,也不翻身。这表明他该有多累,这可怜的东西。他非常好,干活非常卖力,一大早就起来,一直劳作到天黑。现在他累垮了;以后,他最好不要这么卖力,我会告诉他的;他一定会按照我的愿望去做。

他睡了整整一天。我知道,因为我一直在他旁边,为他做好饭菜,保证饭菜一直是热的,他醒来就可以吃。我不时悄悄进去,长时间地盯着那张柔和的脸庞,看他睡得那么甜美,我心里暗暗感激。他仍旧睡着——睡的时候眼睛睁得很大;这是件奇怪的事情,一开始我以为他醒着,但其实不是这样,因为我说话,他不回答。平时我一说话,他总会回答。该隐有时候闹情绪,不答话,但亚伯不会。

整个晚上,我都坐在他旁边,担心他会醒过来,想吃东西。他的脸非常白,模样也变了,和很久以前他还是伊甸园里的小孩时的样子差不多,那么美那么甜那么可爱。这让我穿越时间的深壑,想起了从前。我陷入了梦境,眼泪流个不停——啊,就这样过了好几个小时吧,我想。后来,我从梦中醒来,以为他的身体动了,就去亲他的脸颊,想唤醒他,但他仍旧昏睡着,我感到失望。他的脸颊冰冷;我搬来几袋羊毛,还有鸟的绒毛,把他盖好,但他身上还是冷,于是我又去搬。亚当又来了,亚当说,他身上还没暖和。我不明白这是怎么回事。

3

我们没法唤醒他!我双手抱住他,泪眼模糊地盯着他的双眼,祈求他说出一个短短的词语,可他却不回答。噢,这就是那长久的睡眠——这就是死亡?他再也不会醒过来了吗?

摘自撒旦日记

　　死亡已经进入世界,动物们在消失;人类家庭中的一位已经倒下;道德感的结果已完全达到。人类家庭认为死亡不好——他们这个想法会改变的。

伊甸园里的那一天

（撒旦日记摘录）

很久以前，那男人和女人去了知识树那儿，说了一会儿话，当时我在附近的树林里。现在，时隔多年，他们又去了，我也在场。他们和以前一样——还都是孩子——健康、圆润、苗条、灵巧，两个雪白的人儿，略微洒了点儿天空的粉红霞光，天真无邪，对赤身裸体不以为然，看上去真是可爱，美得无法形容。

这次，我又在一旁听着。和上次一样，他们还是为"善"、"恶"、"死亡"等词语感到困惑，想通过推理获得这些词语的意义；当然，他们是做不到的。亚当说，"来吧，也许我们能找到撒旦。他可能知道这些事情。"

于是，我走上前去，眼睛还在盯着夏娃，欣赏着她。我对她说，"甜美的小东西啊，你以前没有见过我，但我见过你。我见过所有的动物，但没有哪个能比得上你的美丽。你的头发、你的眼睛、你的脸、你皮肤的色泽、你的体态、你优雅修长的白色四肢——都那么美丽、可爱、完美。"

这话让她开心，她上上下下看看自己，伸出一只手、一只脚来欣赏着；然后她天真地说，"这么美丽，可真是令人高兴的事。还有亚当——他也一样。"

她让他转过身，又把他转来转去，炫耀他的美，那蓝色的眼睛里闪烁着纯真的自豪。他呢——他理所当然地接受这一切，并感到由衷的高兴。他说，"如果我头上有花，那还要更好呢。"

夏娃说,"真的——等会你看吧。"她像只蝴蝶一样跑来跑去摘花,一眨眼的工夫便将花茎系在一起,变成一个流光溢彩的花环,放在他头上,然后踮着脚尖,灵巧的手指这儿拍一下、那儿拍一下,每拍一下,花环的形状就变得更好看、更雅致,谁也不知道她是怎么做到的,为什么会有这样的结果,其中必定隐藏着某条法则,虽然这精巧的艺术、这神秘的技法,是她一个人知悉的谜,别人是无法学会的。最后,她终于满意了,高兴地拍起手来,又踮起脚,亲了他一下——他呢,总体上看起来真是俊美绝伦,绝不亚于我以前见过的模样。

现在,回到手头的问题上来吧。那些词语的意义——我该告诉她吗?

当然,没有谁比我更愿意说了,可是该怎么说呢?我想不出什么办法能让她理解,我也是这么对她说的。我说,"我可以尝试一下,但恐怕没什么用处。比如说——什么是痛苦?"

"痛苦?我不知道。"

"当然啦。你怎么会知道?你的世界里没有痛苦;痛苦对你来说是不可能的;你从未经历过身体上的痛苦。将此归纳成一个方程式、一条原理,我们能得到什么呢?"

"我们能得到什么?"

"如下:事物若外在于我们的轨道——外在于我们所在之世界,即我们为体质及工具所限,无法看到、感觉到或以其他方式体验到,则该事物无法通过语言描述为我们理解。你看,这一切都给你归纳好了。这是原理,是箴言,是法则。现在,你明白了吗?"

这温柔的动物露出迷茫的神色,结果呢,只说出了这么一句没意义的话:"什么是箴言?"

她没抓住要点。她当然抓不住。但是,她的努力对我来说就是成功,因为这生动地证明了我一直所说的真理。就目前来看,箴言是她经验世界之外的东西,因此,对她而言没有意义。我不理会她的问题,继续说道:"什么是畏惧?"

"畏惧?我不知道。"

"意料之中。你怎么能知道呢?你以前没有感受过,你无法感受,因为它不属于你的世界。就算用十万个词,我也不能让你理解畏惧是什么。那我怎么能向你解释呢?你以前从没见过,在你的世界中,它完全是另类,依我看,要想你了解这个词的意义,是不可能的。一定程度上,它是一种睡眠——"

"噢,这我知道!"

"可是,我说过,它只是一定程度上像睡眠。它可不仅仅是睡眠。"

"睡眠很舒服啊,睡眠很好!"

"可死亡是漫长的睡眠——非常漫长。"

"噢,那就更好啦!所以,我认为没有什么比死亡更好啦。"

我心里想,"可怜的孩子,有一天你也许会知道,你刚才说的是多么无奈的真相;有一天,你伤心欲绝,你会说,'到我这儿来吧,啊,同情众生的死亡!把我沉浸在那仁慈的遗忘之中,啊,悲伤者的避难所,遭人遗弃者、走投无路者的朋友!'"然后我说道,"可这种睡眠是永恒的。"

这个词超出了她的能力。这也是意料之中。

"永恒。什么是永恒?"

"啊,这也在你的世界之外,目前还是这样。没办法让你理解这个词。"

这种情况是没有办法的。词语若指代她经验之外的东西,对她来说就是外语,没有意义。她就像个小婴儿,母亲对她说,"不要把手指放在蜡烛火苗上,会烫着你的。"烫,对婴儿来说,是个外语词汇,在切身经验揭示其意义之前,这个词对她来说没什么可怕的。妈妈讲这话没有必要,婴儿还是傻兮兮、乐滋滋地把手伸到那漂亮的火苗上——就这一次。心里思考过这些问题以后,我又对她说,我想不出有什么办法能让她理解"永恒"这个词的意义。

她沉默了一会儿,她的大脑像台没有磨损的机器一样,翻动着这些复杂的问题;随后,她丢开这个谜,换了个新的话题,说道:"好吧,还有其他词语呢。什么是善,什么是恶呢?"

"这又是个困难。同样,这些也都在你的世界之外;它们只存在于道德王国之内。你没有道德。"

"什么是道德?"

"一个法律系统,能区分对和错,区分好的道德和坏的道德。对你来说,这些东西是不存在的。我说不清楚;你也不会理解。"

"可是,试一下吧。"

"好吧,服从法定权威就是一条道德法则。假设亚当禁止你把你的孩子放进河里,丢在那儿过夜——你还会把孩子放到那儿吗?"

她的回答简单、真诚。"为什么呢,会啊,如果我愿意的话?"

"这就是了,和我刚才说的一样——你是不可能进一步了解的;你不知道责任、命令、服从;这些对你没有意义。在目前的状态下,你不可能为你的任何言行、思想负责,你绝不会犯错误,因为你和其他动物一样,没有对和错的观念。你和其他动物的所作所为都是对的;无论你做什么,无论其他动物做什么,都是正确的、清白的。这是一种神圣的状态,是天堂和尘世间能够达到的最高贵、最纯洁的状态。这是天使的馈赠。天使们绝对纯洁、清白,因为不能区分对与错,所以一切行为都是无可指摘的。不知道如何区分对错的人,是不可能做错的。"

"那么知道了是件好事吗?"

"当然不是啦！天使们如果知道了，他们身上一切神圣的、天使般的东西，就都没啦，这知识会让他们无限堕落、万劫不复。"

"有能够区分对错的人吗？"

"在……嗯……在天堂里是没有的。"

"这种知识是怎么来的呢？"

"道德感。"

"道德感是什么？"

"嗯——没有关系。你没有它，应该庆幸。"

"为什么？"

"因为那是堕落，是灾难。没有它，人是不会犯错的；有了它，人就会犯错。因此，它只有一个作用，除此之外没有别的——那就是教人怎么犯错。它不会教别的事情——什么也教不了。它就是错误的**创造者**，道德感催生了错误，在此之前错误是不存在的。"

"怎么能获得道德感呢？"

"吃这棵树上的果实就可以了。可你为什么想要知道呢？你想要获得道德感吗？"

她转过头，一脸渴望地看着亚当。

"你想要吗？"

他没有表现出特别的兴趣，只是说，"我无所谓。你们谈的这些，我都不明白，但是如果你愿意，我们就吃吧，我看也没什么不好。"

无知的、可怜的东西，克制的要求对他们毫无意义，他们还都是孩子，不明白没有尝试过的东西，抽象词语若代表他们狭小世界与狭隘经验以外的事物，他们也就无法理解。夏娃伸手摘了个苹果！——啊，别了，伊甸园！别了，伊甸园里清白的快乐！来吧，贫穷与痛苦；来吧，饥饿、寒冷与心碎；丧亲之痛、眼泪与羞愧、嫉妒、争斗，来吧；还有怨恨与侮辱，衰老、疲惫与悔恨；最后走投无路，祈求在死亡中解脱，死后地狱之门洞开也顾不得了！

她尝了——那果子从她手里跌落下来。

那是令人同情的一幕。她似乎刚从睡梦中缓缓醒来、神思恍惚。她一只手将那瀑布般的金色头发掠在脑后，眼神迷茫地盯着我，然后又盯着亚当；接着她的眼神落在自己赤裸的身体上。那脸颊上慢慢显出绯红，她突然奔到一片灌木的后面，站在那儿一边哭泣，一边说道，"哎呀，我的端庄得体可是毁啦——我这与人无害的模样，已经成了我的羞辱！"她痛苦地呻吟着、嘟囔着，低下头去，说道："我沉沦了——我堕落了，噢，我坠入了深渊，再也无法上来啦。"

亚当的眼睛一直盯着她，他惊诧疑惑、如在梦中，因为他不明白发生的事情，目前这还在他的世界之外，对一个没有道德感的人来说，她说的那些话没有意义。更让他惊讶的还在后面呢：夏娃自己并不知道，她一百岁的年纪渐渐显露，夺走了她眼中那天堂般的光彩,消退了她年轻肌肤的红润,染白了她的头发,在她嘴巴和眼睛周围刻上了浅浅的皱纹,她的身形缩小了,皮肤上那绸缎般的光泽也黯淡了下去。

这一切,这美丽的少年都看在眼里:接着,他忠诚而勇敢地拿起苹果,尝了一口,什么也没说。

于是,他也发生了变化。后来,他为两人采摘树枝,遮住赤裸的身体,然后他们转身上路了,两人手拉着手,因为年龄的缘故而伛偻着背,就这样从视野中消失了。

图书在版编目(CIP)数据

亚当夏娃日记/(美)马克·吐温(Mark Twain)著;
周小进译. —上海:上海译文出版社,2017.2（2025.8 重印）
（译文经典）
书名原文：Diaries of Adam and Eve
ISBN 978 - 7 - 5327 - 7361 - 9

Ⅰ.①亚… Ⅱ.①马… ②周… Ⅲ.①日记体小说—
美国—近代 Ⅳ.①I712.44

中国版本图书馆 CIP 数据核字(2016)第 226998 号

亚当夏娃日记
[美]马克·吐温　著　周小进　译
责任编辑/衷雅琴　装帧设计/张志全工作室

上海译文出版社有限公司出版、发行
网址：www.yiwen.com.cn
201101　上海市闵行区号景路159弄B座
江阴市机关印刷服务有限公司印刷

开本787×1092　1/32　印张4　插页5　字数41,000
2017 年 2 月第 1 版　2025 年 8 月第 8 次印刷
印数：16,501—18,500册

ISBN 978 - 7 - 5327 - 7361 - 9
定价：32.00 元